W9-DGI-671

Una novela de Moonlight Books
Romance Sensual
Rescata mi Corazón
Copyright © 2014 Jean C. Joachim
E-book ISBN: 9781626228139
Print ISBN: 9781544704869

Primera Edición en E-libros: Enero de 2014
Diseño de Portada de Dawné Dominique
Editado por Tabitha Bower
Proofread by Shannon Ellis
Traducido por: Cymbeline
All cover art and logo copyright © 2015 by Moonlight Books

EDITORIAL
Moonlight Books

RESCATA MI CORAZÓN

Club de Cenas de Manhattan, 1

JEAN C. JOACHIM

Romance Actual
Moonlight Books

Buena suerte!

Jean C. Joachim

Dedicatoria

Para doguillos desamparados y las personas maravillosas que los rescatan.

Agradecimientos

Gracias a mis lectores, amigos y familia que me apoyan y me inspiran para seguir escribiendo. También para mi editora, Tabitha Bower, mi correctora de pruebas, Renee Waring, Sandy Sullivan y las personas generosas en todas partes que rescatan a doguillos.

Otros libros de Jean C. Joachim

LOVERS & LIARS

His Leading Lady (Series Starter)

NOW AND FOREVER SERIES

NOW AND FOREVER 1, A LOVE STORY

NOW AND FOREVER 2, THE BOOK OF DANNY

NOW AND FOREVER 3, BLIND LOVE

NOW AND FOREVER 4, THE RENOVATED HEART

NOW AND FOREVER 5, LOVE'S JOURNEY

NOW AND FOREVER, CALLIE'S STORY(series starter)

MOONLIGHT SERIES

SUNNY DAYS, MOONLIT NIGHTS

APRIL'S KISS IN THE MOONLIGHT

UNDER THE MIDNIGHT MOON

LOST & FOUND DUET (with BEN TANNER)
LOVE LOST & FOUND
DANGEROUS LOVE, LOST & FOUND

SHORT STORY
SWEET LOVE REMEMBERED
TUFFER'S CHRISTMAS WISH

RESCATA MI CORAZÓN

JEAN C. JOACHIM

Capítulo Uno

Apareció de repente, de la nada. Rory Sampson dio un salto ante la bicicleta que venía a toda velocidad y cayó en la hierba, tirando de su perro doguillo Baxter. El perrillo cayó encima de su tripa dejándola sin aliento. Cuando pudo recuperar la respiración sacudió el puño en alto gritando al ciclista despistado.

"¿No puede leer? El cartel pone 'no se permite bicicletas en los caminos'". Chilló ella. Era demasiado tarde, el ciclista siguió adelante sin percatarse de nada en dirección norte por el camino peatonal. Varias personas miraron hacia el hombre y luego la miraron a ella. Una mujer preguntó si Baxter estaba bien. Rory se sacudió la ropa poniéndose en pie. Baxter estaba aturdido durante un momento, pero parecía estar bien.

"Malditos ciclistas egoistas", dijo para sus adentros mientras ella y su doguillo se encaminaron hacia el Gran Césped de Central Park. Todavía temblando, no se fijó en la belleza del día de sol que hacía. Como todavía eran antes de las nueve de la mañana de un sábado primaveral, Rory soltó a Baxter para que pudiera corretear libremente. Él trotó delante de ella, siempre con un ojo puesto en su ama.

Al examinar su pantalón corto y las piernas, encontró manchas de hierba en el tejido y unas cuantas piedrecillas incrustadas en un muslo. Un dolor intenso le atravesó la pierna al quitar las piedrecillas. "Éstos pantalones cortos eran nuevos. Ahora están destrozados", se dijo a sí misma, sacudiéndose la tierra del trasero. Baxter parecía estar bien trotando a su lado y manteniéndose a su lado mientras ella caminaba. Las pocas personas que había en la zona ignoraron el casi accidente de Rory y siguieron sus caminos. Molesta por la falta de apoyo de otros neoyorkinos ante el ciclista temerario, su buen humor se evaporó.

De manera inesperada un hombre joven sin camisa vistiendo pantalón corto de correr la alcanzó.

"Vi a ese imbécil casi arrollarte. Le he pillado en una foto".

Rory giró la cabeza. Deslumbrada por el cuerpo sudoroso medio desnudo delante de ella, apenas podía hablar. "Oh, gracias".

"¿Estás bien?"

"Con moratones, pero bien".

"Dame tu correo electrónico y te mando la foto".

"Qué amable, gracias. Me llamo Rory".

"Carter". Se dieron la mano e intercambiaron correos electrónicos.

Pelo oscuro, ojos claros y hombros desnudos del ancho del parque allí delante de ella. *Deja de babear.* Ella estaba deseando estirar una mano y tocar su pecho bien musculado, pero se reprimió. *Hay que serle fiel a Bruce.*

Justo cuando estaba a punto de orientar la conversación al territorio del ligoteo, un chico guapísimo medio desnudo y rubio alcanzó a Carter. "¿Se lo has dicho?" preguntó este joven. "Sí. Tengo su correo electrónico".

"Qué cerdo".

"Se cree que es el dueño del parque. Los ciclistas aquí son todos así", dijo Rory.

"Cierto".

"Éste es Benton, mi pareja", dijo Carter.

¡Jolín! Son gays. Rory le dio la mano e intentó ocultar su decepción. Ellos dos se despidieron y se dispusieron a seguir con su carrera. Baxter les ladró.

"Bonito perro", dijo Carter alejándose corriendo en sincronía perfecta con Benton.

Me encantaría tener una pareja así. Bruce es igual de cachas. Suspiró y reanudó su paseo, alejando pensamientos sobre su relación con su chico de la cabeza. *Es un día precioso. Fíjate en eso.* Miró atentamente buscando sus amistades del parque, personas a quienes veía sólo cuando salía a pasear con Baxter. Eran conocidos amigables y también odiaban a los ciclistas. Estaba deseando contarles lo que le había pasado. A medio camino y todavía no había avistado a nadie de su pandilla de siempre, así que se encaminó hacia el Montículo de los Doguillos.

"Bueno, pues vamos a encontrar a algunos de tus amigos" le dijo a su perro a la vez que le guiaba hacia el lado este del parque. Su señal favorita de clima benigno por venir era ver corredores varones sin camisa. Ahora otro atleta la adelantó y ella admiró su cuerpo. *Pero yo tengo a Bruce, ¿no?* Frunció el ceño hasta que avistó un grupo de narcisos estirándose hacia el sol.

Alzando la vista un poco más, vio una escena conocida —los doguillos pardos y negros que corrían alocadamente en libertad. Baxter olisqueó a los de su raza y empezó a aullar levemente. Se fue corriendo hacia los otros que estaban esquivándose, corriendo y jugando. Ella corrió detrás de su perrillo.

Un grupo de tres perros de color pardo estaba persiguiendo a otro perro que hacía grandes círculos. Baxter ladró una vez y se unió al grupo. A Rory le encantaba verle jugar en el parque con los otros perros. Las monerías de los doguillos eran especialmente divertidas y graciosas. La escena le levantó el ánimo y le hizo reír.

Había varios hombres y una mujer en pie mirando y charlando. Rory se unió al grupo. Cada can mostraba una personalidad propia y definida a medida que mostraban buscando la atención de un compañero de juegos. Una perrilla pequeñita tenía agallas. Se acercó a uno de los machos del grupo y colocó una patita encima de su cabeza.

"¡Albóndiga!" Una mujer rubia con bastante pecho se acercó a la perrilla doguilla juguetona. El macho se retiró hacia atrás estirando las patas delanteras en postura de juego. Antes de que la mujer pudiera recoger su perrilla, los dos perros saltaron en una carrera. Albóndiga era ágil y evitaba al macho que era más grande que ella hasta que él finalmente la alcanzó. Un empujón y ella se echó a la tierra revolviéndose, se levantó jadeando y atacó de nuevo.

La rubia se mordió el labio. *Yo la conozco.* "¿Tú no eres Bess, de la tele?" preguntó Rory.

La mujer asintió con la cabeza sin dejar de vigilar a Albóndiga.

Rory se presentó. Bess le prestó atención momentánea pero mantuvo la vista fija en su doguilla.

"Va a estar bien. Ella puede con ese tipo", dijo Rory.

"¿Tú crees? Es tan pequeñita".

"Quizás pero tiene un gran corazón. Es valiente".

"Algún día un perro más grande la va a poner en su sitio". Bess se mordisqueó una uña.

Ambas mujeres intercambiaron datos sobre sus perros— edades, nombres y si eran perros rescatados o no. Baxter era un perro rescatado. Albóndiga era una herencia de la tía de Bess. Rory se cruzó de piernas sentándose en la hierba blanda. Baxter se acercó jadeando.

"¿Le doy un poco de agua?" preguntó Bess. Sacó un contenedor de plástico y una botella de agua de una mochilita pequeña de color rosa que llevaba a la espalda. Vertió un poco de agua para Baxter que lo bebió con ganas. Albóndiga volvió con Bess y también bebió agua. Baxter olisqueó a la doguilla pequeña mientras ella bebía.

Rory observó a una mujer lanzar una bola de *Cuz* para su doguillo pero otro perro interceptó la bola empezando un juego de cazar la bola. A la pareja primera de perros se unió otros dos perros y los cuatro perrillos corrían en círculos alocados intentando cazar el juguete. Dos mujeres morenas perseguían a los perros. Los doguillos listos las evitaban a cada vuelta. Finalmente, las mujeres desistieron y se sentaron en la hierba a recuperar el aliento.

"*Cuz* es el juguete favorito de Baxter también", dijo Rory.

"A Romeo y Julieta también les encanta pero ahora ese otro perro lo tiene. Me llamo Miranda". La mujer extendió una mano. Rory la acepto y se presentó.

"Freddy tiene el *Cuz*, y no lo va a devolver. Tengo que tener un caprichito para arreglar esto. Soy Brooke" dijo la segunda mujer mientras rebuscaba en su bolso. En poco tiempo Freddy tenía a cinco doguillos persiguiéndole incluida su hermana Ginger.

Brooke consiguió un caprichito perruno de un hombre con un doguillo negro y con eso atrajo a Freddy obligándole a renunciar al juguete. Las mujeres empezaron una conversación y no se fijaron en los otros propietarios de perros que empezaban a alejarse lentamente. Se acercó un policía. Dio un golpecito en el hombro de Rory. Ella se volvió y se le borró la sonrisa de la cara.

"Señorita ¿Es su perro?"

"¿Baxter? Sí, es mío", dijo mientras rápidamente le enganchó la correa al arnés de perro. Las otras mujeres hicieron lo mismo con sus perros. Los ojos marrónes oscuro del policía la miraron fijamente. Sacó un cuadernillo de multas del bolsillo trasero. "¿Sabe que tiene que estar siempre atado, no?"

"¿Qué hora es?" Ella miró su reloj. *¡Maldita sea! Las nueve y cuarto.*

"Hace quince minutos que usted le tenía que volver a colocar la correa". El policía tomó un bolígrafo que tenía tras la oreja.

"Oh, por favor, señor policía. No me di cuenta de la hora. Lo siento muchísimo. No puedo pagar una multa de doscientos dólares". Su corazón latía tan fuerte que ella pensó que el policía lo podía oír.

Bess dio un paso al frente desde detrás de Rory. "¿Cuál es el problema?" Pestañeó mostrando unos ojos azules y grandes ante el hombre.

Una sonrisa lenta apareció en el rostro del policía. "Usted es... ¿no es Bess... de *Cocinando con Bess* en la tele?" Colocó el bolígrafo en su sitio detrás de la oreja.

"Lo soy. Y, ¿usted es?"

"Terrence McNeil".

"Encantada de conocerle". Ella alzó la vista a sus ojos. "¿Mide usted uno noventa?"

"No, yo sólo mido 1.82" sonrió.

Bess le lanzó una mirada divertida. "Es el policía más alto que he visto en toda mi vida".

"He visto su programa. Usted es una cocinera fantástica." El policía se acercó a ella dando un paso.

"Gracias. ¿Cuál es su postre favorito?"

Rory se fijó en Bess que se acercaba muy levemente hacia el policía. Estudió el lenguaje corporal de la cocinera y sus expresiones faciales. *Creo que estoy viendo a una ligona profesional. A lo mejor aprendo algo de esto.*

"Su tarta de manzana me hizo soltar la salivilla". Se sonrojó.

"¿Tarta de manzana? Eso es muy fácil de hacer".

"Mi ex no podría cocinar para nada. Usted hace que cocinar parezca fácil".

"¡Qué pena! Me encantaría cocinarle una tarta".

"¿En serio?" Se guardó la libreta de las multas en el bolsillo trasero y miró a Bess de arriba abajo otra vez.

"Seguro que sí. Estoy probando una receta nueva para un plato de pollo. Me sería muy fácil añadirle tarta de manzana de postre. ¿Le gustaría ser mi cobaya?"

Rory vio al hombre tragar saliva. *¿Está babeando por la comida o por ella? Quizás las dos cosas.* Se tapó la boca con una mano para ocultar su sonrisa.

"¿Yo?" Al hombre se le agrandaron los ojos.

"Si... si, lo voy a cocinar esta noche. Espero que esté suficientemente bien para el programa. Y si usted quisiera venir, le hago la tarta".

A lo mejor ella es el postre.... Rory se quedó inmóvil viendo a Bess convertir al policía en su perrillo faldero.

"¿Una oportunidad de comer algo guisado por usted? ¿Está de broma? Me encantaría". Su mirada abarcó las curvas amplias de la mujer vestida con una camiseta y vaqueros y se detuvo momentáneamente en su escote.

"Bien. Entonces es una cita".

Como una bella araña, Bess tejió una red de encantos entorno al policía. Era una víctima deseosa. Rory reconoció que—con su pelo brillante de color marrón oscuro, sus hombros anchos y su cintura delgada—él estaba de lo más apetecible.

El brillo en los ojos azules de su nueva amiga indicaba que ella también encontraba atractivo al policía. Rory no sabía si Bess quería citarse con el policía o si estaba flirteando con él para evitar que las multasen a todas. A Rory le dio igual. Respiró hondo relajando el cuerpo mientras observaba a Bess en la tarea.

"¿Es en serio?" preguntó él.

"Totalmente. A las siete de la tarde. El Wellington, en Central Park Oeste. ¿Lo conoce?"

"Si señora... quiero decir, señorita..."

"Cooper. Bess Cooper. Apartamento quince G". Bess estiró una mano. McNeil la sacudió y la retuvo un momento entre sus dos manos mientras los dos se miraron a los ojos.

"Estaré deseando ese encuentro, Señorita Cooper".

Ella le lanzó una sonrisa brillante. "Bess".

"Bueno, Bess". Ladeó su gorra y se volvió para marcharse y se detuvo un momento para decirles algo a las otras mujeres.

"Ustedes tienen suerte. Hoy se libran pero les advierto que la próxima vez habrá multas para todas". Ellas le miraron alejarse caminando.

"Un trasero mono", comentó Bess tapándose la boca con el dorso de la mano. Las cuatro mujeres suspiraron aliviadas.

"¿De verdad que eres Bess Cooper?" preguntó Brooke.

"Lo soy".

"Estoy impresionada. Me encanta tu programa". Brooke enganchó la correa de sus dos doguillos. Rory sugirió que desayunasen en la Casa de Barcas con sus perros. Las otras estuvieron de acuerdo y todas se encaminaron cuesta arriba por la colina hacia el restaurante al aire libre.

"Eso fue tener buenos reflejos, Bess", comentó Brooke.

"Gracias a dios. Te debo una", dijo Miranda. "Yo tampoco tengo doscientos pavos para tirar".

"Ser una celebrity de poca monta tiene sus ventajillas. Era monísimo, ¿no crees?"

"¿Terry? Un tipazo total", dijo Miranda.

"¿Te interesa? ¿No era sólo para librarnos de las multas?" preguntó Rory.

"Si. Me encanta un hombre de uniforme", suspiró Bess mientras pestañeaba. "Está bueno y parece un tío agradable".

"Me parece que es una situación donde ganan los dos", dijo Miranda. Dos de las mujeres entraron a por los desayunos mientras las otras dos se sentaron ante una mesa y recogieron a los canes. Los doguillos se olisquearon unos a otros y se buscaron un sitio cómodo done acurrucarse.

La conversación se detuvo cuando llegó la comida. Las mujeres se pusieron a comer los huevos fritos con bacon, los bollos y bebieron café. Cada mujer le dio un bocadito de su comida a los perros. Cuando terminaron de desayunar, se fueron paseando hacia la salida de la calle 77 juntas. Los doguillos caminaban con las lenguas fuera, olisqueando y resoplando.

Al empezar a despedirse, Bess alzó una mano. "¡Esperad! No os vayáis todavía. ¿Qué vais a hacer el lunes?".

"¿Qué tenías en mente?" Rory preguntó.

"Los lunes hacemos ensayo antes de grabar el jueves. Siempre sobra una tonelada de comida".

"¿No la regaláis?"

"Donamos lo que sobra del programa. Pero en los ensayos siempre sobra mucha comida. Yo me la traeré a casa y podéis venir todas a cenar. ¿Qué os parece?"

"No me gusta dejar a Baxter solo en casa".

"Traeros los perros".

"Fenomenal. Yo me apunto", dijo Miranda.

"Yo llevaré vino", dijo Brooke.

"Genial. Venid a las seis. ¿Habéis tomado nota de la dirección?"

Las mujeres afirmaron con la cabeza.

"Fenomenal. Así me puedo enterar de cómo te fue la cita con el policía guapo", dijo Miranda.

Rory, la primera en llegar, se detuvo ante la entrada del Wellington y pronunció el nombre de Bess. El portero la admitió a ella y a Baxter con prontitud. En el piso número quince, Bess estaba esperando con la puerta abierta. Rory soltó a Baxter que, sin esperar a ser invitado, entró corriendo en el apartamento. Rory le siguió.

Se quedó boquiabierta cuando miró a su alrededor. La entrada de mármol blanco daba a un salón amplio con cuatro ventanales orientados hacia Central Park. Haciendo juego con un sofá tapizado en pana de color rosa y un asiento vis-a-vis, la habitación estaba pintada en un color crema cálido. El suelo pulido de roble estaba protegido por una alfombra oriental rectangular de colores rosa, beige y blanco.

A la izquierda había una cocina enorme con cazuelas de cobre y utensilios de cocina colgando de un círculo negro de metal por encima de una isla con una encimera de granito. Había una cocina profesional con seis quemadores y una enorme nevera/congelador. Dos grandes fregaderos se ubicaban al lado de un lavavajillas. Las paredes de la cocina eran de un color coral pálido con armarios de madera natural. Encimeras marrones y negras además de electrodomésticos de acero inoxidable completaban la cocina.

Había tantos armarios de cocina y cajones que Rory pensó que Bess poseía todos los utensilios habidos y por haber. Se maravilló de ver la habitación, casi tan grande como su propio apartamento entero. *¡Vaya! Yo podría cocinar a base de bien en un sitio como éste.*

"Déjame enseñarte la casa", dijo Bess.

A Baxter le saludó Albóndiga. Mientras los dos perros se olisqueaban, Bess guió a Rory a cruzando el salón a la otra ala del apartamento.

"Aquí están los dormitorios". El primero era un cuento de hadas femenino. Pintado en una tonalidad lila claro con papel pintado de estampado de cachemir en el mismo color decorando la parte superior de las paredes. Una cama grande con dosel protagonizaba el espacio. La colcha de la cama era de tela de ojal blanco haciendo juego con el dosel.

"¿Cómo consigues que todo esto esté limpio con el aire sucio que entra por las ventanas en nuestra ciudad?" preguntó Rory que casi no podía hablar ante la elegancia y la riqueza además de la limpieza del apartamento.

Bess se sonrojó levemente antes de contestar. "Tengo servicio de limpieza". Guió a Rory al segundo baño y luego a la zona de relax. "El apartamento es de mi tía Delia. Pero ella me ha dejado vivir aquí un par de años mientras ella está en Connecticut. Conservo esto como sala de la tele y como habitación de invitados cuando ella viene de visita".

"¿Viene a menudo?"

"No lo suficiente. Es mi pariente favorita". La habitación tenía un sofá cama de cuero en color marrón oscuro, paredes blancas, una alfombra de pelo de vaca y mesas de cromo y vidrio. Una gran pantalla de televisión colgaba de una pared y óleos de arte moderno destacaban en otras paredes. Almohadones de color coral, rosa y blanco y una manta negra aportaban calidez a la estancia.

Rory escuchó el ladrido de Baxter. "Apuesto que no sabe dónde estoy". Sonrió mientras intentaba deshacer el recorrido en el gran apartamento en busca de su can. Cuando emergió en el corredor, Baxter estaba esperándola en el salón ladrando. Se acercó corriendo a ella y saltó lamiéndole la cara. Entonces el telefonillo sonó indicando que llegaban nuevas visitas.

"Tómate algo," dijo Bess señalando una bandeja con de vasos de vino llenos. Rory tomó un vaso y se dejó caer en el sofá. Baxter se acurrucó a sus pies. Miranda y Brooke entraron charlando la una con la otra juntas mientas sus perrillos se abalanzaban hacia adentro. Los seis perros se saludaron con un ladrido y sacudiendo la cola antes de empezar a olisquearse. Albóndiga se acurrucó en su camita al lado de la cocina mientras Bess comprobaba el estado de la comida que se estaba calentando en el horno.

Olores maravillosos flotaban en el aire del salón. La mesa rectangular entre la cocina y el salón estaba puesta con una preciosa vajilla decorada con florecitas y había salvamanteles en colores que hacían juego. Las mujeres bebían sorbitos de vino mientras comentaban su jornada.

Bess sacó los guisos del horno y los colocó encima del salvamanteles de corcho. A Rory se le hacía agua la boca ante los tentadores olores que provenían de las cazuelas de *CorningWare*.

La cocinera encendió velas, rellenó los vasos de todo el mundo y se sentó a la mesa. "Esto es una cazuela de salchichas y huevos. Esto es brécol, coliflor y queso. Y esto es boniato, pasa y nabo".

Hicimos un brunch hoy para acompañar mi tarta casera de café. Lo siento".

"No te disculpes. Todo tiene una pinta deliciosa. Yo estoy hambrienta", dijo Miranda.

Las mujeres se sirvieron y se pasaron platos de una a otra. Comer las tuvo en silencio un rato. Luego Rory no pudo reprimir su curiosidad. "No puedo más. Cuéntame. ¿Qué tal tu cita con el policía cachas McNeil?"

A Bess se le pusieron de un bonito tono sonrosado. "Fue estupenda".

"¿Estupenda? Suelta. Quiero detalles", dijo Brooke.

Bess se arrellanó en su silla con su vaso de vino con una gran sonrisa. "Le preparé mi nuevo plato, Pollo Barcelona".

"¿Pollo Barcelona?" preguntó Brooke.

"Os lo prepararé un día. Ahora no puedo dar la receta durante un año. Está en mi contrato".

"Vale, ¿Y luego qué?" preguntó Rory.

"Empieza desde el principio", dijo Miranda entre bocado y bocado.

"Vale, vale. Llegó vestido de paisano. Sin uniforme".

"¿Te decepcionó eso?"

"Un poco. Pero estaba tan guapo. Chaqueta azul marino, una camisa blanca, corbata verde, pantalones khaki". Entornó los ojos. "¡Para comérselo!"

"¿Y, luego, qué?"

"Trajo una botella de vino y una docena de rosas rojas. Me derretí. Me encantan las rosas".

"¿Y?" presionó Miranda.

"Hablamos mientras terminé la cena y metí la tarta en el horno".

"¿Tarta de manzana recién hecha? Se habrá corrido en los pantalones".

Las mujeres se rieron ante esto.

"Sí que hizo un comentario sobre el sexo y la tarta de manzana. Le puse el pollo y le encantó". Ella se llevó el vaso de vino a la boca para un sorbo.

"¿Bueno? Venga, sigue, estamos impacientes", dijo Rory. Todas tenían la mirada puesta en Bess.

"¿Te acostaste con él?" preguntó Miranda y acto seguido se llevó la palma de la mano a la boca. Las mujeres rieron. "Lo siento, se me escapó".

"Todavía no".

"Todavía no, ¿pero lo vas a hacer?"

"A lo mejor. Me ha pedido que salgamos el viernes. Vamos a ir a un club que a él le gusta".

"Bailar, beber, y... ¿sexo después?" preguntó Brooke.

"Quizás". Bess se sonrojó.

"¿Te besó?" preguntó Rory, con la barbilla descansando encima de las manos.

"Hicimos cosas justo antes de la tarta. Puse música. Me bailó por todo el salón. Dios, olía tan bien y su cuerpo es tan... tan... duro, sexy. Sabéis". Las mujeres asintieron mientras Bess se volvió cada vez más sonrojada.

"Es bueno besando. Es divertido también".

"¿Qué te vas a poner el viernes?" preguntó Rory. Las mujeres tomaron sus vasos de vino y se trasladaron en grupo al dormitorio de Bess. Revolvieron en su armario encontrando el conjunto más adecuado para el evento, mientras que los seis doguillos dormitaban todos acurrucados encima de la cama.

A las nueve de la noche, las mujeres se pusieron en pie. "Tengo que pasear perros mañana", dijo Miranda mientras ahogaba un bostezo.

"¿Tú también paseas perros?" preguntó Rory.

"Y escribo obras de teatro".

"¡Yo escribo novelas de misterio!"

Las dos mujeres soltaron una carcajada. Se fijaron en Brooke.

"Vale, Brooke, ¿tú a qué te dedicas? Y que no sea pasear perros".

"Yo soy ejecutiva de cuentas de publicidad en Gibbon y Walters".

"Esa es una empresa importante".

"Es un trabajo estupendo".

"Todas me habéis sonsacado sobre mi nuevo chico, y, ¿vosotras qué?" preguntó Bess.

"Estoy saliendo con un tío de Wall Street, se llama Bruce. Está bueno", dijo Rory. *Viene a las diez. No me puedo entretener.*

"¿Cómo de bueno?" Bess achinó los ojos.

"¡Ardiente!"

"Yo estoy saliendo con mi jefe, Lloyd. Es alto, moreno y súper sexy".

"¿Lo hacéis en la oficina?" preguntó Rory.

"Lo hicimos—una vez. No queremos que nos pille el presidente. No les gusta ese tipo de cosa".

"¿Te preocupa que te despida si os peleáis?" preguntó Bess.

"Me necesita en nuestra cuenta más grande. Le caigo bien al cliente. ¿Y, tú qué, Miranda?"

"Yo tengo un hombre con el que llevo saliendo mucho tiempo. Está bien pero no nos ponemos de acuerdo en donde vivir", dijo Miranda.

"¿Dónde quiere vivir él?"

"En Europa".

"¿Y tú?"

"Aquí mismo. Vivo en la casa de mi madre y quiero estrenar mi obra de teatro en Broadway".

"Sigue en tus trece, Miranda. Es más fácil sustituir un hombre que el sueño de una vida". Dijo Rory enganchando la correa al arnés de Baxter. Las otras dos mujeres también colocaron las correas a sus doguillos.

"Esto ha sido genial, Bess. Gracias", dijo Brooke.

"¿Nos llamarás para tenernos al tanto con los detales de tu cita con Terry?" preguntó Miranda.

"Mejor que llamar. ¿Qué os parece que volváis todas el lunes que viene y organizamos otra cena?"

Todas se miraron unas a otras. "¿En serio?" preguntó Rory.

"Por supuesto que sí. Por qué no os venís todos los lunes. Nunca hago nada los lunes por la noche excepto comer demasiadas sobras".

"¿Cómo un club gourmet?" preguntó Brooke.

"Sí", dijo Bess.

"Vamos a llamarlo 'El Club de Cenas de Los Lunes.' ¿Vale?" Rory preguntó.

"Perfecto. Contad conmigo" dijo Miranda.

"Tenía que ser una escritora para ponerle título a esto", dijo Brooke.

Se pusieron de acuerdo en volver la semana siguiente y se abrazaron unas a otras antes de irse hacia el ascensor. Cinco doguillos se metieron en el ascensor dejando casi sin sitio a las mujeres. Rory sonrió durante todo el regreso a su casa. *Amigos nuevos. Para mí y para Bax.* La sensación cálida de sentirse parte de algo llenó su corazón vacío.

Capítulo Dos

Seis de la mañana en 145 West 78th Street, Manhattan

El calor de dos cuerpos fundiéndose en sexo apasionado y sudoroso ni siquiera se había desprendido de las sábanas cuando Bruce salió de la cama y se fue hacia la cafetera. Rory miró a su pareja andar hacia la cocina de su apartamento que era un estudio. *Está fantástico desnudo. Un trasero mono.* Le miró hasta que él se dio la vuelta.

"Puedo sentir tu mirada" dijo él, apoyándose al lado de la encimera mientras se preparaba el café.

"¿Tengo la culpa si me encanta tu cuerpo?" *¿Por qué no te acercas aquí y sientes algo diferente? Oh, espera. Acabas de hacerlo.*

Rió ante el cumplido. "Supongo que ya que lo tengo, puedo chulear de ello".

Guapísimo–si. Humilde–no. Ella sonrió mientras le recorría con la mirada.

"¿No tienes que pasear perros?" Le preguntó alzando una ceja.

"Si. Tengo que estar lista a las ocho. Venga, Baxter," dijo hacia su doguillo, que se había vuelto a dormir después de que terminase la actividad en la cama.

"Perro vago", murmuró Bruce.

"Te he oído. Él también". Desnuda también, ella se acercó a él. Bruce le dio una palmada suave en el trasero antes de dirigirse hacia el cuarto de baño. Rory se puso un albornoz corto de color rosa. "No hagas que el agua salga demasiado caliente" dijo alzando la voz levemente.

"No tengo tiempo para compartir una ducha contigo. Tengo una reunión a primera hora".

Ella respiró hondo, metió pan de centeno en la tostadora y bostezó. Baxter se despertó por fin y se estiró en el sofá antes de irse a las escalerillas. Bajó y se fue hacia la cocina. Rory se inclinó para rascarle detrás de las orejas antes de darle agua fresca. Luego mezcló pienso y comida de perro de lata para darle de desayunar a su perro. Bruce se unió a ella otra vez, tapado únicamente con una toalla anudada a la cintura.

"No te hace falta taparte. Ya te he visto desnudo. Mil veces".

"Es la costumbre", replicó él mientras se servía una taza de café.

"Hey", dijo ella, señalando su taza vacía descansando al lado de la suya.

"Oh, si. Claro". Él llenó la taza de ella también. Los dos se sentaron ante la mesita, comiendo tostadas.

"He traído la sección de anuncios de empleo del *Times* para ti". Él se agachó y sacó los recortes de prensa de su maletín.

"Ya tengo trabajo".

Bruce enarcó las cejas. "¿Oh?"

"Paseo perros y escribo novelas de misterio".

"Es hora de hacerte mayor, Rory, y conseguir un trabajo de verdad".

"Estos son trabajos de verdad".

Él hizo un sonido despectivo con los labios y miró su plato de desayuno.

No me respeta, no respeta los perros. Odia a Baxter. ¿Qué hago con él? ¿Sexo estupendo? Oh, si.

"Gano mucho dinero desde que me han subido el sueldo. Tienes que igualarme un poco. Siempre estás sin un céntimo. ¿Cuándo me vas a llevar a *mí* a cenar?"

"Yo cocino para ti en casa".

"No es lo mismo". Le dio un bocado a su tostada.

"Voy a hacer tu plato favorito esta noche—chile".

Él sonrió. "Entonces estaré aquí." Ella estiró una mano y tocó su mejilla lisa, recién afeitada. Su cabello rubio estaba peinado con raya y sus ojos azules la miraban un tanto fríamente. "Pero luego tengo que trabajar".

"¿Cama, comer y correr?"

Bruce afirmó con la cabeza tomando un sorbo del café caliente. Recorrió la solapa del albornoz de ella con los dedos y luego los metió debajo de la tela. Empujando la tela, con el pulgar recorrió el seno de ella antes de tomarlo en la palma de la mano. Miró fijamente su pecho desnudo. "Eres preciosa". Se inclinó a besar su pecho.

"Una pena que no te puedas quedar para otra ronda". Ella recorrió con la mano la toalla que apenas le cubría su erección incipiente.Yo también". Sus ojos brillaban con deseo. "Pero aguanta hasta esta noche. Haremos el amor antes de que me tenga que poner a trabajar".

"Supongo que puedo vivir con eso. Puedo escribir esta noche, después de que te vayas".

Él la atrajo hacia sí para un beso apasionado.

"O podría atender a eso ahora". Le tocó mientras susurraba en su oído.

Las mejillas de él se colorearon. Se levantó agarrando sus ropas. "No me tientes. Tengo que volver a casa y cambiarme. No puedo volver a la oficina en esto".

"¿A Wall Street no le gusta las arrugas?" Sonrió ella.

"Son negocios serios allí abajo, Rory. Cosas de dinero. No están para bromas".

Tampoco tienes sentido del humor. Demasiado serio. Si no estuvieras tan bueno en la cama... Antes de que pudiera terminar su pensamiento, Bruce estaba vestido y se dirigía hacia la puerta de la casa. Ella se anudó el albornoz antes de seguirle.

Poniendo la mano en el pomo de la puerta, se volvió hacia ella. "Un trabajo de verdad. Empieza a buscar hoy, Rory. Haz algo de provecho".

La besó y ya se había alejado antes de que ella pudiera decirle algo en defensa suya. Se dejó caer en la cama, tapándose la cara en la almohada. *¿Por qué me siento tan mal cuando Bruce se marcha? ¿Vale la pena el sexo? Algunos días si, otros no.* Baxter trepó a la cama. Ella se volvió hacia el perro y recibió varios besos con mucha saliva del perro. *Al menos Baxter me quiere tal como soy.* Entró en la ducha lavando su cuerpo bastante voluptuoso y lavó su espeso cabello oscuro. Después de tirar los recortes de anuncios de Bruce a la basura, Rory se vistió con sus ropas de pasear perros y se llevó a Baxter para su paseo de las siete de la mañana. Luego lo trajo a casa, agarró un gran aro con llaves que colgaba al lado de la puerta de entrada del apartamento y se dispuso a la tarea. Su primera parada era Casey, el sabueso que vivía con el guapo abogado de la Calle Setenta y Nueve.

Sonrió al saludar al portero delante del bloque de Casey. El sonido de la llave en la cerradura hizo ladrar al perro que corrió hacia la puerta ladrando. Cuando ella abrió la puerta, su ladrido se convirtió en un bufido mientras le lamía la mano.

Ella tomó el sobre con su paga semanal de encima de una mesilla y lo metió en la cintura de sus vaqueros. Luego le colocó la correa a Casey y los dos se fueron. Ella sólo había visto al propietario de Casey tres veces desde que empezó a pasear a este perro. La primera vez, claro, y dos veces más cuando el hombre había estado enfermo.

Su cabello negro revuelto le caía encima de la frente febril. Ella había decidido ir a por sopa de pollo, zumo e ibupofreno para él además de una caja de pañuelos de papel extra suaves. Era guapo, listo y adinerado. Vivía en un apartamento de dos dormitorios él solo. Esto era algo totalmente único en la ciudad de Nueva York donde el espacio era algo muy difícil de conseguir. Así es como ella sabía que él tenía dinero. A veces ella soñaba despierta con mudarse a casa del soltero adinerado.

El sueño se difuminaba cuando intentaba imaginar a Baxter y a Casey aprendiendo a llevarse bien. Ella no lo podía creer. Así que tachó al abogado de dos dormitorios de su lista de posibles parejas. Nunca se preguntó por qué algunos de sus clientes no le hacía alguna proposición o por lo menos pedirle una cita para salir. Vestida con vaqueros viejos y rotos y una sudadera con capucha con su cabello largo oculto por una gorra de beisbol, tenía muy mal aspecto. *Nadie se viste elegante para pasear un perro. Da igual. Tengo a Bruce.*

Acarició a Casey, se metió un par de bolsas grandes en el bolsillo y cerró la puerta con llave cuando salieron. Rory sentía cariño por todos los perros que paseaba y tenía conversaciones con ellos mientras paseaban en el parque. Aunque todavía era antes de las nueve de la mañana, ella no soltó a Casey. *Más vale estar seguros. Le gusta correr persiguiendo un rastro..*

A medida que andaban, Casey tenía el hocico pegado a la acera, oliendo.

"¿Qué hueles, chico? ¿Un cadáver por aquí? ¿Algún misterio en el aire?"

Rory era una escritora novel. Escribía novelas de misterio aunque su pasión eran novelas de amor, cosa que leía en grandes cantidades. Bruce a menudo la criticaba por comprar tantos libros. "No tienen a todos estos autores en la biblioteca municipal" era la excusa de ella.

La madre de Rory era muy formal, así que Rory estaba escribiendo una novela de detectives en vez de una novela de amor. *No tendré que avergonzarme por lo que estoy escribiendo o cambiar de nombre.* Ella machacaba cada día trabajando en su historia, dándole forma, editando, re-escribiendo e intentando hacer que la trama funcionase. Desgraciadamente no tenía un producto acabado que considerase lo suficientemente bueno para enviar a un agente o una editorial. Ella ya había enviado relatos de misterio en el pasado, pero siempre había sido rechazada.

Las pocas historias de amor que había enviado se fueron aceptadas de inmediato por una revista. Aunque eso la había emocionado y le había hecho bailar en su casa, ella rechazó la idea de una novela romántica. Presiones de su madre y sus hermanos le habían convencido para que se dedicara a otro género literario.

"Si eres capaz de escribir esa basura, puedes escribir algo bueno", le había dicho su madre.

Pero Rory no estaba tan segura. Sus esfuerzos más recientes mostraban sus propias dudas acerca de su capacidad para escribir novelas de misterio. No tenía el valor de embarcarse en una novela de amor teniendo a su familia tan en desacuerdo. Ella seguía luchando para hacer que sus novelas de misterio encajasen, como las feas hermanastras de la Cenicienta intentando calzarse el zapatito de cristal en unos pies grandes.

"¿Alguna ardilla, Case?" preguntó ella a medida que doblaban el recodo y se dirigían hacia el Gran Césped. Claro, él nunca contestaba, simplemente se volvía y le miraba apesumbrado y volvía a su tarea de olisquear. Ella caminó durante media hora más, hablando con Casey todo el rato antes de llevarlo a su casa.

Le puso agua fresca al perro antes de marcharse. Nadie le pagaba por hacer eso y los propietarios de los perros seguramente no tenían ni idea de que lo hacía. Ella lo hacía por los perros. Los canes siempre bebían un poco como para mostrar su agradecimiento.

El siguiente era un terrier Staffordshire que se llamaba Sweetie. Cada perro tenía su propia personalidad. Ella les hablaba de los problemas de su vida, los desafíos. Las miradas comprensivas de los perros le caldeaban el corazón. Ella pensaba que hablar con los perros era más barato que una terapia, aunque quizás no tan eficaz.

A la edad de treinta años, Rory era la más joven de una familia de tres hermanos. Su padre había fallecido repentinamente cuando ella tenía veintiún años, sin poder verla graduarse en la universidad. Ella y su padre habían estado muy cercanos y le había afectado muchísimo la pérdida de su padre. Su madre estaba orgullosa de sus dos hermanos, uno era médico y el otro profesor en una universidad. Luego, estaba Rory. Ella siempre había sido diferente. Ser diferente era la única manera de sentirse a gusto. En el transcurso de los años, sus hermanos empezaron a querer a su hermanita díscola. Su hermano Bob vivía en Seattle y John tenía su consulta médica en Los Angeles. Los años pasaban y ella sólo recibía una llamada ocasional de ellos y los pequeños detalles en Navidad se habían reducido a la nada.

De pequeña, Rory había idealizado a sus hermanos incluso cuando ellos le gastaban bromas pesadas y a veces se aprovechaban de su hermana pequeña. Pero cuando crecieron, se hizo evidente que ellos también pensaban que ella estaba malgastando su vida y ella se distanció de ellos.

Su madre, Charlene Sampson, se había mudado a Florida tras el fallecimiento de su marido. Charlene viajaba a ver a sus hijos en las vacaciones pero no visitaba a Rory debido al clima, hacía demasiado frío en el invierno o demasiado calor en el verano, y demasiado caro. Sus hermanos pagaban los billetes de avión de la madre. Rory no podía hacer lo mismo.

Al principio, ella se sentía dolida ante la indiferencia de su madre. Finalmente, se dio cuenta que no tendría que escuchar interminables elogios sobre los hermanos y sutiles desacuerdos sobre su estilo de vida si no le veía. Ella hizo las paces con la frialdad de su familia.

Sentirse diferente también hacía que las amistades fuesen algo difícil para Rory. Ella suponía que nadie quería estar con una "rara" como le había llamado su hermano Bob. Ella tenía unos cuantos amigos artistas que había conocido en estrenos en galerías de arte. Ella les veía de vez en cuando para unas copas. Ellos vivían en Brooklyn, que era un viaje en metro lejano. Baxter pronto se había convertido en su mejor amigo. El matrimonio mayor que vivía en la puerta de al lado, Shirley y Hal, se convirtieron en amigos. Parecían disfrutar de su amistad. Debido a que no tenían hijos, Rory era como un miembro de su familia.

De niña, Rory había soñado con casarse con un príncipe. Pero al llegar a la treintena, abandonó ese sueño. En otro tiempo deseó casarse, ahora no lo tenía tan claro. Aunque estaba sola y esperaba encontrar una pareja para el resto de su vida, sus oportunidades parecían difuminarse con el paso de cada año. En una ciudad llena hasta los topes con personas de personalidad "tipo A", ¿Dónde iba una paseadora de perros/escritora con una lengua afilada y un corazón tierno amante de perros, a encontrar un hombre? No tenía ni idea.

Ella había conocido a Bruce en un club. Sus amistades artistas la llevaban a rastras a veces a tomar una copa y salir a bailar, aunque ella rara vez se lo podía costear. Sus hombros anchos y su pelo rubio de chico americano y una mirada de ojos azules le atrajeron enseguida. Él era todas las cosas que ella no era. Él a su vez se sintió atraído por la belleza de ella. Antes de acabar la semana, ya estaban juntos en la cama.

Eso fue hace tres meses. Ella no se engañaba pensando que Bruce era un hombre para casarse, pero no podía resistirse ante él. Los dos pasaban juntos dos o tres noches a la semana, y eso mantenía a raya la soledad. Pasaban más tiempo en la cama que conversando. Aunque él no era el remedio para un futuro triste, ella pensó que él era una solución de momento.

Después de Sweetie, Rory se encaminó hacia Central Park Oeste para sacar a pasear a Lucky, un setter irlandés. Era un perro precioso y dulce, aunque no tenía muchas luces. Estuvieron media hora en el parque y luego ella había terminado los paseos matutinos del día. Por la tarde tenía a los tres perros de nuevo además de un bóxer y dos Scott terrier que paseaban juntos.

Si se daba prisa, todavía podría tener cuatro horas o así para escribir antes de ir a por sus perros de la segunda ronda. Rory ganaba ciento treinta y cinco dólares al día paseando perros, apenas lo justo para pagar el alquiler y la comida.

Era cuidadosa con el dinero, aprendió pronto como estirar el dinero, caminando en vez de tomar un autobús o el metro. Estaba en buena condición física gracias a los paseos y porque evitaba el transporte público. Compraba comida en rebajas y con la máquina de coser que había heredado de su abuela, se hacía sus propias faldas y vestidos. A Rory le gustaba coser. Lo consideraba como otra manera de expresar su creatividad.

Mientras encontraba los ingredientes para la cena, tarareaba la música que salía de su ordenador. Bailó mientras escuchaba "On the Floor" de Jennifer López a la vez que doraba la carne y troceaba cebollas. Pronto el olor de chile guisándose llenó el apartamento. Se sentó delante de su ordenador, intentando concentrarse pero el aroma de la comida le estaba dando ganas de comer. Incluso tocar sus piezas favoritas de Mozart y Vivaldi no le inspiraban como de costumbre.

A las cinco de la tarde, se rindió y se dio una ducha. Después de untarse con loción corporal de lila, se peinó su largo cabello y se pintó los ojos que eran azules. Su cuerpo empezó a vibrar a medida que esperaba la pronta llegada de Bruce. No se puso ropa interior y se vistió con un vestido elástico de color verde que resaltaba las curvas de su cuerpo. *Ahorra tiempo. Menos cosas qué quitarse.* Se rió para sus adentros.

A las seis de la tarde sonó su telefonillo. Ella sonrió al abrirle la puerta.

Cuando Rory le dio un vodka con tónica, él soltó su maletín en el suelo y se quitó los zapatos con los pies. Sonrío y bebió. "¿Alguna novedad de los anuncios que te dí?" preguntó.

Rory empezó a deshacerle la corbata y desabrocharle la camisa. "No. ¿Qué tal tu día?"

"Hueles bien. El chile también". Su mirada se fijó en la cocina.

"El chile ya está listo".

"Un buen día hoy. A varios clientes les han gustado mis recomendaciones. A ver si me dan una gratificación al final del año".

"Eso sería estupendo". Le abrió la camisa y empezó a deshacerle el cinturón.

Él bebió un trago grande a la vez que miraba fijamente el cuerpo de ella. "¿Estás desnuda debajo de eso, no?" Ella afirmó con la cabeza. "Sabes que eso me vuelve loco".

"Lo hago por eso". Rory le brindó una gran sonrisa.

"Eres una gata", dijo él hundiendo la nariz en el cuello de ella. Su mano libre descansó en la cadera de ella, acercándola a él. Ya se estaba empezando a poner duro. Eso excitó a Rory. Bruce subió despacio el vestido corto hasta que podía deslizar la palma de la mano bajo la tela ligera y sentir el trasero de ella. "Tienes el culo más firme de todas las chicas que haya conocido".

"Todos esos paseos de perros que tú odias tienen sus beneficios".

"Maldita sea", murmuró él mientras deslizaba las manos entre los muslos de ella y más arriba. "Ya estás húmeda". Ella gimió levemente y cerró los ojos cuando los dedos de él se deslizaron por su sexo, tocando, frotando y excitándola.

Rory le desabrochó la cremallera de los pantalones que cayeron al suelo. Bruce sacó los pies de los pantalones y bebió el resto de su bebida de un trago. Después de dejar el vaso, tiró del vestido de ella y la llevó hacia el sofá. Tiró los cojines al suelo pero no se entretuvo en sacar la cama.

"No puedo esperar" masculló, su boca buscando la de ella, con las manos tomando los pechos de ella. "Gran cuerpazo" susurró en su cabello.

Rory le bajó los calzoncillos. Su mano se aferró a una erección. "No, no puedes esperar", rió ella, mirando fijamente los ojos de él. Se puso de rodillas y le tomó en la boca.

"¡Dios, Rory! Maldita sea". Sus ojos se cerraron y apoyó la cabeza . Después de un minuto o dos él tiró de ella por los hombros. Ella se tumbó a su lado y él se estiró encima de ella. Después de colocar la pierna de ella encima de su hombro, la tocó, penetrándola con dos dedos, reavivando su fuego.

"Por favor, Bruce. Date prisa". Su sonrisa triunfal le indicó que él le aliviaría su tensión en muy poco tiempo.

"¿Me quieres, nena?"

"Dios, sí", jadeó ella.

Se hundió en ella, gimiendo a la vez que la llenaba totalmente. "Mierda, Rory. Estás súper apretada". Ella gimió mientras él la embistió una y otra vez, creando un ritmo que rápidamente caldeó sus ardores. Rory se dejó llevar por sus sentidos, cerró la mente y sus terminaciones nerviosas estaban candentes con las estimulaciones de él.

"¡Oh, dios mío, Bruce!" grito ella al sentir un orgasmo, tensando sus músculos antes del vertido de liberación en sus venas. Los ojos de él brillaban con deseo mientras la miraba.

"¡Mierda!" dijo para sus adentros mientras cerraba los ojos penetrándola una vez más. Un leve temblor recorrió su cuerpo cuando se corrió dentro de ella. Rory agarró firmemente sus hombros y alzó la barbilla para besarle. Siempre le besaba después de hacer el amor.

Bruce se puso de rodillas y descansó en las pantorrillas. Ya que la cama no estaba abierta, no había donde podía irse. Rory quería acurrucarse con él pero era imposible en esta postura. Él olisqueó y sonrió. "¿Me has hecho chile?"

"Te dije que lo haría. ¿No me creíste?"

"Nunca sé cómo pasas el día". Se puso en pie y se puso los calzoncillos y una camiseta antes de dirigirse hacia la cocina. Cuando abrió la olla, el aroma oloroso llenó el apartamento. Rory se colocó el vestido y volvió descalza a la cocina. "¿Tienes hambre?" preguntó al tomar una cuchara de palo para remover el guiso.

"Ahora, sí. Me muero de hambre".

"Siéntate". Rory le preparó un plato con chile, arroz y un poco de ensalada. Con cuidado sacó un bollo de pan de ajo del horno y colocó la mitad al lado de su plato. Luego se sirvió ella y se fue con él a la mesita que usaba como mesa de salón.

Bruce comió con ganas. Rory sonrió al verle comer. *Me gusta hacerle comida. ¿Es amor eso? Quizás.*

Cuando terminó de comer, se vistió y la besó. "Comida maravillosa, como siempre", dijo, metiéndose la corbata en un bolsillo de la chaqueta. "Lo siento, tengo trabajo".

"Yo también. Voy a intentar terminar algo que estoy escribiendo".

"Y, no te olvides de esos anuncios de trabajo". Dijo apuntando un dedo hacia ella mientras se alejaba por el pasillo. Rory suspiró, apoyada en el umbral de la puerta. *¿Qué veo en Bruce?* En vez de contestar esa pregunta, puso las "Estaciones de Vivaldi" y se sentó delante del ordenador. Baxter se acurrucó en su camita a sus pies. Bloqueada por una trama que no estaba funcionando, desistió y se metió en *Google* buscando sociedades de rescates de doguillos en vez de escribir. Encontró dos en Nueva York. Marcó en su móvil.

"¿Rescate Gran Manzana? Me gustaría ser voluntaria".

Respaldada por almohadones en la cama, con un corto pijama puesto, Rory comía palomitas de maíz mientras veía la película *Serendipity* por cuarta vez. Baxter estaba hecho un ovillo roncando con la cabeza encima de su pierna. *Bruce odia que coma palomitas de maíz en la cama. Tengo cuidado. Además, no está aquí.* Un repentino azote de culpabilidad al pensar en él trabajando le hizo agarrar su móvil. Su llamada fue directa al correo de voz. *Trabajando duro, supongo.*

Baxter cambió de postura dejándola mover las piernas un poco. Se habían acomodado los dos de nuevo cuando sonó el telefonillo de la puerta. Baxter dio un brinco ladrando. Rory frunció el cejo mientras se preguntaba quién podía ser. Se salió de la cama y descolgó el telefonillo de la puerta.

"Soy yo. Ábreme".

Ella le abrió y mantuvo la puerta abierta mientras Bruce subía las escaleras con dificultad. *¿Trabajando? Trabajando a beber, me* *parece.* Él se quedó sin aliento después de subir los tres pisos de escaleras y se apoyó en la pared fuera del apartamento mientras recuperaba el aliento. Apestaba a alcohol y perfume barato.

Rory abanicó el aire con la mano. "¿Con quién has estado? ¿Una putilla de la Décima Avenida?"

"No era una puta. Era un club".

"Pensé que estabas trabajando" dijo ella, tomándole del brazo y guiándole hacia dentro. Él la siguió dócilmente como un cordero tras su madre.

"Intenté trabajar. No podía. Necesitaba un poco de diversión. Bailar. Unas copas".

"O muchas copas. ¿Quién era la chica?" Dobló los brazos por encima del pecho una vez que estaban dentro del apartamento y ella cerró la puerta.

"¿Chica? ¿Qué chica?"

"Yo te pregunté primero". Ella achinó los ojos buscando manchas de carmín en su ropa y no vio ninguna.

"No lo sé. Había muchas chicas".

"Oh, ya veo. Habrá sido un gallinero". Su tono de voz era juguetón pero le dolía el corazón.

"Sí. Pero ninguna quería jugar. Tú siempre quieres jugar". Miró con deseo las sábanas de la cama.

"Me parece que no. No estás en condiciones". Antes de que ella pudiera acabar, él estaba encima de ella, besándola y deslizando su camisón por encima de sus caderas. Rory retiró la cabeza de él y le empujó con las manos. "Me parece que esta noche no es el mejor momento..."

"Esta noche es el momento perfecto. Ven aquí, nena", dijo mientras cerraba la mano entorno a su trasero desnudo y daba pasos hacia atrás acercándose a la cama. Baxter, que ya había dado un repaso a Bruce y había vuelto al confort del colchón blando, ladró cuando ellos se acercaron.

"Quita ese perraco estúpido. Voy a aterrizar" rió él.

"No es un perraco estúpido. Baxter, shh", dijo Rory. El perro siguió ladrando. Justo cuando la parte de detrás de las rodillas de Bruce entraron en contacto con el armazón de la cama, se dobló como una tabla de planchar y cayó hacia atrás. Rory cayó encima de él y Baxter se volvió loco ladrando y dando vueltas.

Rory se deslizó de encima de Bruce y acarició a Baxter, calmándolo. Un resoplido le hizo mover la cabeza. Se volvió encontrando a Bruce profundamente dormido o desmayado. Apagó la película y luego forcejeó con su peso intentando desnudarle. Cuando por fin le dejó en camiseta y calzoncillos, levantó sus piernas y le metió en la cama.

El esfuerzo la cansó. A medida que le colocaba las sábanas y la manta, miró su rostro. *Parece tan dulce e inocente, como un niño pequeño.* Rory deslizó sus dedos entre los cabellos de él retirando el cabello de su frente hacia atrás. Él se movió levemente intentando atrapar su mano torpemente.

¿Y si esto pudiera ser algo? ¿Si consiguiera un trabajo decente, me amaría? Llena de dudas, Rory no se hizo más preguntas. Se inclinó hacia él y le besó. *No estabas trabajando. Me mentiste. Te fuiste a un club. Conociste otras mujeres pero volviste a mí.*

Soltó un suspiro mientras apagaba la luz y se acurrucó al lado de Bruce. Él murmuró algo y se puso de lado en sueños, dejando caer un brazo encima de la barriga de ella. Ella sonrió y subió la sábana. *Me gusta pertenecerle.* Baxter dio varias vueltas en el otro lado de ella antes de hundirse en la cama y colocar la barbilla encima del tobillo de ella. Acurrucada entre los dos varones de su vida, Rory subió la manta hasta sus hombros y cerró los ojos. Enseguida se quedó dormida.

Capítulo Tres

"Creo que deberíamos ver otras personas," dijo Bruce de repente en el centro de Central Park. Tenía sudor en la frente. Rory se detuvo y le miró fijamente. Un agradable paseo en un día soleado se había convertido en un encuentro de vital importancia en un segundo.

"¿Qué?" Tensó la presión de sus emociones y a la vez, la correa de Baxter.

"Otra gente". Empujó un poco de tierra del paseo de cemento con la punta del zapato.

"¿Has conocido a alguien?" Su pulso empezó a acelerarse, la pesadumbre invadió su corazón.

"Ya que lo dices..."

"¿Quién?"

"Siempre interrumpiendo". Negó con la cabeza. "Una chica con un trabajo normal".

"Alguien que no es como yo, ¿no?" Puso los brazos en jarras en las caderas. Le brotaban lágrimas pero ella luchó por no llorar. *No voy a llorar.*

"Te dedicas a pasear perros. ¿Te parece una profesión seria?"

"Soy escritora... paseo perros para pagar el alquiler".

"Es lo mismo". Bruce se peinó el cabello rubio con los dedos.

"A mí no me lo parece". Ella miró al suelo, respirando hondo para aliviar la presión que sentía en el pecho.

"Mira, a mí me gustas y todo eso... pero una mujer que se gana la vida de verdad..."

"Lo conseguiré... algún día. No lo estás entendiendo". Rory miró hacia otro lado para ocultar las lágrimas que ya no podía retener. Sintió una sacudida.

"Tampoco llevamos juntos desde siempre". Cambió de postura.

Un tirón fuerte de su perro la distrajo. Rory le gritó por tirar de la correa.

Bruce colocó sus manos en los hombros de ella, volviendo su cara para verla. "Mira..."

Baxter salió corriendo y la mano temblando de Rory soltó la correa y el perro se lanzó corriendo hacia el camino.

"¡Baxter! ¡Para!" gritó Rory. Empujando a Bruce hacia un lado, ella corrió a toda velocidad detrás del perro doguillo. En su alocada carrera, no vio la bicicleta que venía a toda pastilla por la curva descendiente de la ladera. Se tiró hacia el perro justo antes de que la bicicleta chocase con ella, lanzándola y a Baxter por los aires.

Rory cayó sobre un brazo. El dolor la congeló. Un sonoro aullido le hizo saber que Baxter también estaba herido. Intentó recuperar el aliento, buscando su mascota con la mirada. Lo avistó muy cerca, echado en la acera. Seguía respirando. Le llamó, "Baxter".

Se empezó a congregar un grupo de personas. Un par de ojos marrones oscuros masculinos miraban fijamente sus ojos. "¿Está herida?", preguntó el hombre.

"No, pedazo de idiota. Estoy bien. ¿Tengo *aspecto* de estar bien?" Con un intento de ponerse de rodillas encima del pavimento, hizo una mueca y lanzó un gemido. Una larga herida en su pierna sangraba, le dolía el hombro y tenía gravilla incrustada en el muslo. Las lágrimas empañaban su mirada.

Bruce se acercó rápidamente. "¿Rory, estás bien?"

"Baxter parece que está peor que yo".

Apareció un policía y le preguntó a Rory si necesitaba una ambulancia.

"Ya he llamado una", dijo Bruce. El ulular de una sirena en la distancia se fue acercando.

"Este pedazo de idiota iba a sesenta millas por hora, lo juro", dijo ella señalando al hombre alto de ojos marrones.

"Eso es ridículo. No iba a sesenta".

El policía se volvió hacia él. "Señor, ¿puede confirmar su velocidad?"

"No hay ninguna velocidad tope para bicicletas aquí. Sí que es cierto que perdí un poco el control en esa curva."

"¿Un poco?" murmuró Rory. Se volvió a tumbar en el suelo.

"Documentación, por favor". El policia adelantó la mano. El hombre le entregó su licencia de conducir.

"Dr. Hanson Roberts", dijo el policía tomando nota en su cuadernillo. "¿Miembro de la familia Roberts, los de la inmobiliaria?" Alzó la vista hacia el doctor.

"Sí. ¿Una multa? ¿Por qué?" El Dr. Roberts se cambió levemente de postura.

"Conducción temeraria en bicicleta, rebasando el límite de velocidad y causando lesión física a esta joven".

Rory sonrió levemente. "Se lo tiene merecido. ¿Cómo está mi perro?" Buscó con la vista preocupada a Baxter que seguía tumbado y lanzando pequeños aullidos.

"Yo me lo llevo", dijo el médico.

"De ninguna manera... será por encima de mi cadáver... que casi ha..."

"Soy un veterinario..."

"Me da igual si ha sido un veterano de Afganistán..."

"No me ha oído bien, soy veterinario. Me llamo. Hack Roberts", dijo el hombre ofreciendo una mano.

"¿Un veterinario? Sálvelo". La mujer no prestó atención a la mano tendida hacia ella.

"Sin rayos x, no puedo determinar las lesiones que puede tener, pero está despierto y consciente".

"Dr. Roberts, tendrá que asumir alguna responsabilidad por esta joven... ¿Cuál es su nombre, señorita?"

"Aurora Sampson".

"¿Aurora? Qué nombre más extraño", murmuró Hack.

"¿Oh? ¿Cómo que Hack es un nombre normal?" replicó ella rezumando hostilidad. Bruce la intentó ayudar a levantarse pero ella se derrumbó bajo el dolor.

"Señorita Sampson, le voy a dar sus datos de contacto. Espero que se haga cargo de estas lesiones. Mi tarjeta, por si no lo hace es ésta. Estoy considerando cargos criminales, Doctor. No puede ir a esas velocidades en Central Park. La ha lesionado". El policía le echó una mirada despectiva a Hack.

"Oficial, ¿Le importaría ayudarme con el perro?" preguntó Hack mirando hacia otro lado.

"¿A dónde se lo lleva?" preguntó Rory. Cuando la ambulancia se acercó, la sirena ahogó la respuesta del veterinario.

Sacó una tarjeta de visita y se la entregó a la chica. "Aquí está la dirección. Llame más tarde para ver cómo está su perro".

"Va a estar en el hospital, imbécil", dijo Bruce.

"Lo cuidaremos hasta que pueda venir a por él. Hey, siento lo que ha ocurrido".

"¿De veras? Un 'lo siento' y un bono para el metro." Miró con ira al hombre. Antes de que pudiera seguir diciéndole cosas, se acercaron los de la ambulancia. Ella contestó las preguntas que le hicieron, estirando el cuello para ver a Hack y al policía recoger a Baxter con cuidado y colocarle en el asiento trasero del coche de patrulla. Sus ojos, bañados en lágrimas, conectaron con los de Hack mientras el coche se alejaba.

"¿Quieres que vaya contigo?" preguntó Bruce peinándole el cabello de la frente.

Rory sacudió la cabeza. *Yo quería que me quisieras. Pero no me quieres. No prolongues esto. Un dolor intenso y se acabará todo.*

"¿Estás segura?"

"Tú quieres tu libertad. Empecemos ahora mismo. No quiero depender de alguien que no quiere estar conmigo".

Bruce se sonrojó y miró al suelo. "No es eso. A mí no me importaría..."

"Eso es. No te importaría. Eso no suficiente para mí." *¿Le necesito ahora? No puedo mirarle siquiera sabiendo que está citándose con otra.*

El enfermero de urgencias empujó la camilla hasta meterla en la ambulancia y cerró la puerta. El dolor y la preocupación por su perro le desbordaron. Rory lloró en la ambulancia que se alejaba.

El vehículo avanzó velozmente, haciendo maniobras en el tráfico llevando a Rory al hospital. Una mirada a la sala de emergencias llena hasta arriba de gente que quería ver un médico. A Rory no se le escapó la ironía de ir corriendo sólo para acabar esperando durante horas. A Rory la metieron en una cama y ella esperó su turno en el pasillo.

La herida en carne viva dejó de dolerle tanto en el momento en que su adrenalina natural empezó a tener efecto. Ella miró la sangre secarse en su pierna mientras se preguntaba cómo se iba a sentir cuando un médico llegase a limpiar la herida. Tiritó al pensar en las cosas desagradables que aún le quedaba por sentir. Cada vez que se movía, el dolor le atravesaba el brazo como una flecha y le dolía el hombro.

Tumbada boca arriba, se cubrió los ojos con la mano, incapaz de detener las lágrimas. *Bruce se ha ido. Baxter puede que esté muerto. Estoy sola. Baxter no puede estar muerto. Le necesito.* Quería mandar un mensaje de texto a sus amigas del Club de la Cena, pero sólo podía usar un brazo.

Durante la espera, Rory pensó en Bruce. Nunca había sido su hombre ideal, pero a veces era divertido y era fiel. O eso es lo que ella había pensado. Sus citas semanales habían servido para llenar horas solitarias que pasaba sólo con la compañía de los perros. La mayoría de la gente trabajaba de día en oficinas y creaban vínculos de amistad con compañeros de trabajo. Rory trabajaba con perros. Se había encariñado con ellos y con los personajes de sus escritos.

Sus amigos, Shirley y Hal, vivían en el apartamento de dos dormitorios al final del pasillo. A veces ella les hacía recados, especialmente cuando hacía mal tiempo. En agradecimiento, ellos la invitaban a cenar. Encontraba las anécdotas que contaban divertidas, las comidas de Shirley eran ricas y las bromas de Hal eran simpáticas aunque un poco tontas. Eran como un tío y una tía para ella.

El año pasado, el matrimonio le había convencido para que participase con ellos en un intercambio de regalos anónimos de "amigo secreto". Cada persona describía algo de sí misma sin revelar su identidad. Su regalo había sido una manta pequeña de color frambuesa tejida por ella misma y había recibido una preciosa figurita de bronce de un doguillo. Ahora esa figurita estaba colocada en un sitio destacable en un estante de libros. Cuando se sentía sola, miraba con detenimiento la figurita recordando que alguien en alguna parte había pensado en ella. Incluso le había puesto un nombre: "Abrazos."

Sus amigas del Club de la Cena eran sus mejores amigas. Las cenas en casa de Bess eran de tipo gourmet, acompañadas por vino o un licor favorito, como nata montada con vodka o champán de melocotón. Las mujeres disfrutaban de una velada con las tripas llenas y a menudo con conversaciones pícaras cuando comparaban datos sobre sus novios y hacían listas de las cosas que no tenían que dejar de hacer algún día antes de morir.

Después de esperar durante cuatro horas, curaron a Rory y ella abandonó el hospital con una receta para el dolor, una gran factura del hospital, vendas en sus heridas y raspaduras y su brazo izquierdo roto en una escayola. Un hombre bondadoso paró un taxi para la joven que cojeaba un poco. Ella indicó al chófer del taxi la dirección de la tarjeta de visita del Dr. Roberts.

El coche frenó delante de la Clínica Animal Manhattan y Rory se bajó. Aunque estaba débil después del accidente, y aún no había comido, consiguió entrar por la puerta y llegar a la mesa de recepción.

"Dr. Roberts, por favor". Se apoyó en el mostrador.

"¿Tiene usted una cita?" preguntó la mujer mayor.

"No. Él tiene mi perro".

"¿Tiene su perro?"

Rory se fijó en el letrero que la mujer llevaba en el pecho para saber cómo se llamaba. "Si, Mary. Baxter, ¿el doguillo que arrolló en el parque hoy?"

"Oh, oh. Si. Un momentito." Mary le sonrió y descolgó el teléfono. "¿Está usted bien? Está pálida."

"No he comido mucho," dijo Rory apoyándose más en el mostrador. "Gracias por preguntar".

"Esto puede que le ayude." Mary metió una mano en un cajón y sacó una barrita de chocolate. Lo deslizó por el mostrador hacia Rory.

"Gracias". Rory quitó el envoltorio de la chocolatina y se la zampó.

Un minuto más tarde, Hack Roberts apareció detrás de una esquina. "Hola, Srta... eh, Srta.... Aurora?"

"Sampson. Rory Sampson. ¿Dónde está Baxter? ¿Cómo está?"

"Usted y Baxter tienen mucho en común, Srta. Sampson. Baxter tiene una pata rota y parece que usted tiene un brazo roto. Espero que eso no le haya afectado el sentido del humor". Sonrió.

"No tiene gracia. No me he roto el brazo. Usted me lo rompió con su maldita bicicleta". Sintió rabia revolviéndose en sus entrañas. "¿Eso es todo lo que le pasa a Baxter?"

"Si, Baxter es un doguillo con mucha suerte".

"¿Cuándo me lo puedo llevar a casa?"

"Ahora mismo. Tráigame la factura del hospital cuando la reciba".

"La tengo aquí mismo." Rory sacó la factura del bolsillo y la colocó en el mostrador delante de él.

"Yo me hago cargo". Él metió la hoja de papel en el bolsillo de un pantalón.

"Ya lo creo que lo hará. ¿Pero, y qué pasa con mi vida? Soy escritora y paseo perros. Ahora no puedo hacer ninguna de las dos cosas".

"Ese no es mi problema. Si no se hubiese puesto delante de mi bicicleta..."

La voz de ella subió de tono. "¿Ponerme delante de su bicicleta? Si usted hubiese estado yendo a la velocidad correcta y se hubiera parado ante el semáforo..."

Su mirada se volvió gélida. "Ahora todo eso da igual, Srta. Sampson. Supongo que tendrá que averiguar como seguir. Yo no me puedo hacer cargo de su vida".

Una mujer alta, delgadísima vistiendo un vestido negro que le llegaba hasta los muslos y con pelo negro muy corto, demasiado maquillaje en los ojos y con cierta actitud, se acercó. Ella le dio un repaso a Rory con una mirada de desdén.

"¿Quién demonios es usted?" le preguntó a Rory pero miraba a Hack.

"Es la mujer que se interpuso en mi camino en el parque esta mañana".

"Vaya pintas que tiene..."

"He venido directamente del hospital para recoger a mi perro". Rory intentó alisar su camisa sucia y manchada de sangre con una mano. Tiró de su pantalón corto roto. Su pelo de color castaño estaba medio suelto fuera de su cola de caballo.

"Oh... Llévese su perro y vayase". Hizo un gesto de despedida con la mano hacia Rory.

"Esta es Felicia Adams..." empezó Hack.

"Su prometida", terminó Felicia.

Rory enarcó una ceja y murmuró para sus adentros. "¿Es una mujer o una tabla de planchar?"

"¿Qué ha dicho?" preguntó la delgadísima chica de pelo negro

"Nada".

"No esté molestando al Dr. Roberts con sus banalidades". Felicia sacó un espejito de bolsillo y se miró el pelo, peinando los mechones cortos con los dedos. Mary se había ido a un cuato trasero y ahora salía con Baxter en brazos. El doguillo, con su propia escayola, meneó el rabo cuando vió a Rory.

"¡Baxter!" Acarició su cabeza. El can le lamió la mano y luego la cara.

"No hay cobros, Srta. Sampson", dijo Mary.

"¿Cómo me lo llevo a casa?" Estar desamparada no era algo común en la vida de Rory. Ella reprimió una sensación de pánico al pensar que quizás no se iba a poder valer por sí misma.

"Yo se lo llevo", dijo Hack.

"¿No te parece que es ir demasiado lejos con esto?" preguntó Felicia.

"Vivo a sólo tres cuadras de aquí", dijo Rory. Hack alzó a Baxter que forcejeó un poco hasta encontrar una postura cómoda. El doctor aguantó la puerta para Rory con la mano que tenía libre.

"Vuelvo en unos minutos", le dijo a Mary.

Camino a casa, Rory caminó al lado del hombre alto, hablando con su doguillo.

"¿Le habla siempre a su perro?"

"Es mi fuente de inspiración. Me ayuda a escribir".

"¿Qué cosas escribe?"

"Estoy trabajando en un relato de misterio."

"¿Misterio, eh? Suena interesante".

"Para mí es un misterio el por qué le podría interesar, pero no es un misterio el hecho que no me importa". Sonrió por primera vez en ese día.

"¿Te crees muy lista, no?"

"¿Por qué no? Lo soy".

Hack achinó los ojos.

Su lengua afilada le molestaba. Pero su barbilla amoratada, cara magullada y pelos alocados le daban un aire de adorable indefensión. La miró con ira, pero ella estaba demasiado ocupada abriéndose camino entorno a los obstáculos y hablando con Baxter como para prestarle atención. Eso le mosqueaba. El espejo le decía que él era un tipo atractivo. Mandíbula cuadrada, ojos pardos, pelo moreno lustroso—el prototipo de alto, oscuro y guapo. Las mujeres ligaban con él constantemente... en la cafetería, en el metro.

"Los hombres Roberts no van en metro. Nosotros vamos en limusina," decía su padre. Hack sonrió al recordarlo. *Papá siempre viviendo en el pasado. El metro es la manera más rápida de ir y venir en esta ciudad loca.*

Pero Rory no le estaba haciendo caso y eso le irritaba. La miró repasándola brevemente. Tenía un cuerpo espectacular, al menos lo que él podía ver entre su escayola en el brazo, pantalón corto holgado y roto y vendajes. *Una buena percha, algo que llenaría las manos de un hombre.* Y su trasero... ni emasiado grande ni demasiado pequeño, redondeado. Un breve chispazo le subió por los dedos al pensar en darle un apretón.

En breve tiempo, llegaron a su pequeño apartamento estudio. "¿Dónde está el dormitorio?" preguntó él.

"Está en él. Una habitación para todo." Soltó su monedero y las llaves.

Hack colocó a Baxter con suavidad encima del sofá cama de ante sintético y se sentó al lado del animal examinándolo brevemente. Rory llenó un pequeño cuenco con agua. Lo colocó al lado del cuenco de la comida de Baxter. El pequeño doguillo hizo un esfuerzo para bajarse del sofá, así que Hack le bajó. El perro se fue dando golpes con su escayola hasta llegar al cuenco con agua y bebió una buena cantidad.

Rory se hundió en un sillón orejero. Sus ojos se llenaron de lágrimas, pero consiguió reprimirse. Hack ayudó a Baxter a volver al sofá. El doguillo se acurrucó al lado del médico.

"Ni siquiera puedo vestirme sin ayuda". El suspiro de ella ocultó un breve jadeo.

Hack quería tocar su pelo espeso y lustroso. *Peinárselo con mis dedos.* Los ojos de ella eran grandes y de azul claro, casi transparentes. Su estado desastroso, vendajes y todo, no podía ocultar su belleza. Había algo en ella, algo redondo, suave, vulnerable y atrayente de Rory. *Parece estar perdida.* El quería tenerla entre sus brazos, besarla, tocarla.

"Soy un maestro en desabrochar sujetadores," bromeó él, intentando animar las cosas.

Ella enarcó una ceja. "¿Si? Y yo soy una maestra en castrar". Miró su reloj. "¿Por qué no vuelves con esa novia larguirucha que tiene?"

"Mire, señorita..."

"Rory".

"Si, si, Rory, lo que sea. No soy responsable por sus dificultades. Si no hubiera saltado..." Hack acarició las orejas de Baxter sin mostrar intenciones de marcharse.

"Usted reconoció que perdió el control de su bici. Y el policía es un testigo".

Él hizo un gesto con el hombro. "Denúncieme. Haga que tenga que ir al juzgado." Dejó de acariciar al perro que inmediatamente le achuchó con el hocico para que siguiera acariciándole.

Ella achinó los ojos. "Quizás haga justamente eso".

"Se necesita mucho dinero para poner un pleito." Baxter metió el hocico bajo la mano de Hack. El veterinario siguió acariciando al doguillo.

"No se confíe demasiado. Mi primo es abogado. Me costará cero centavos demandarle".

"No quiero ser maleducado, pero..."

"¿Maleducado? Eso es precisamente lo que es. Usted y la Señorita... señorita mondadientes. Desagradable, auto-complaciente, creídos...".

"¡Basta!" Hack se puso en pie. *Maldita sea, no estoy aquí para que me diga cosas, por muy sexy que sea.*

"No ha oído nada todavía". Entonces, igual de rápido, la actitud agresiva de Rory se desvaneció como el helio escapando de un globo que se deshincha. Miró al perro y luego a Hack. "No sé lo que voy a hacer. Mi novio y yo acabamos de romper. Estoy sola". Pronunció sus palabras en un susurro. "¿Cómo voy a cuidar de Baxter?" A pesar de sus esfuerzos en parpadear rápidamente, las lágrimas le surcaban las mejillas.

Hack bajó la mirada a sus manos. *Por favor, apaga el Río Hudson. ¡No puedo más!* "Quizás yo podría pagar a un paseador de perros... para Baxter. Hasta que le quiten la escayola del brazo".

"Eso sería una ayuda", dijo ella sorbiendose los mocos. Hack sacó su pañuelo y se lo ofreció a Rory. Ella se limpió la cara. "¿Necesita el visto bueno del palillo?"

"Se llama Felicia..." No pudo ahogar una risa. *Bastante creativa.*

"¿Te acuestas con ella? ¿Cómo puedes hacer el amor con alguien que desaparece cuando se pone de lado?" *Apuesto que estás fantástica en la cama... tan fogosa y suave.* "No es todo rosas rojas y chcolates *Godiva* Chocolates, pero somos compatibles". La ingle se le apretó cuando echó un vistazo al escote de Rory.

"¿Compatibles? Suena más bien como compañeros de habitación en la universidad que una relación de pareja", rió ella burlonamente.

"¿Cuánto necesitas para un paseador de perros?" Ignoró el comentario de ella. *Si no me voy ahora, voy a hacer algo estúpido.*

"No...no lo sé".

Él alzó las cejas. "¿Eres paseadora de perros y no sabes cuánto sería?"

"No sé quién tiene tiempo libre. Me pondré en contacto contigo cuando lo sepa".

Voy a poder hablar con ella otra vez. "Bien. Tienes mi tarjeta".

Rory se puso en pie, todavía no acostumbrada a su abultada escayola, al tiempo que Hack se desplazaba hacia la puerta. Baxter ladró, haciendo que Rory girase bruscamente hacia él y perdió el equilibrio. Hack la agarró antes de que ella cayese conta la pared. Su brazo la salvó del golpe, obligándole a él a cerrar la mano abarcando un pecho.

"Lo siento," dijo en voz baja, retirando la mano y ayudándola a ponerse en pie. *Vaya. Agradable. Muy agradable.*

"Ya lo creo", murmuró ella girando la cabeza para ocultar el sonrojo en sus mejillas.

"¿Hubieras preferido caerte?" Dijo él con las manos en las caderas.

"Conseguiste un toqueteo gratis, no?"

Hack sintió el calor en su rostro. *Ya lo creo que sí.* Durante un instante, deseó que Felicia tuviese las dulces curvas que tenía Rory. Quizás entonces se pondría serio con el tema de ella. *Rory no es una amiga. Ha amenazado con demandarme. Deja de pensar en su cuerpo.* "Tienes que aprender a guardar el equilibrio con esa escayola".

"Si, supongo que sí".

"Llamáme cuando sepas cuánto costará el paseo del perro".

"Si. Lo haré. O haré que mi abogado te llame... ¡y nos vemos en el juzgado!"

Él tembló un instante. "Adelante. Amenaza todo lo que quieras. Conozco mis derechos".

"¿De veras? ¿Tienes el derecho de quitarme mi manera de ganarme la vida? ¿Tienes derecho a eso? Yo creo que no y apuesto que un juez tampoco lo creerá. No pienses que pagar a alguien para que pasee mi perro te va a librar de esto".

"Búscate un trabajo normal. Tienes una buena mano. Podrías trabajar de cajera".

"¡Qué cara más dura!" le gritó ella. "No me digas lo que tengo que hacer, qué trabajo hacer. Tipo engreído".

"Eh, eh, sin ofender. Me estoy yendo, ¿vale? Llámame cuando sepas lo que costará el paseador del perro". Agarró el pomo de la puerta, deseando salir rápidamente. Baxter ladró otra vez. La expresión de enfado de Rory no cambió durante el momento en que él salió por la puerta.

Hack salió del edificio rápidamente, encaminándose hacia su clínica veterinaria. *Si no fuese tan desagradable, me encantaría salir con ella. Bueno, pues quizás meterme en la cama con ella. Olvídalo. Es una adversaria.* Hizo un gesto con los hombros y siguió su camino hasta que sonó su teléfono móvil.

"Hola, Papá".

"Hack, ¿cuándo vienes a cenar?"

"Hmm, no sé".

"¿Puedes venir mañana? ¿Venir con Felicia?"

"Se lo preguntaré".

"Tu madre ha estado preguntando por vosotros dos".

"Vale. A ver lo que puedo hacer".

Hack apagó su celular, el corazón apesadumbrado. Su madre tenía Alzheimer precoz. Ver a Hack y Felicia juntos la animaba. Él se acordaba de la madre que había sido, vital, dulce y cariñosa cuando él era pequeño. Ahora, esa persona que él adoraba se había ido, perdida en la maraña de lo que le quedaba de la mente. Él la echaba de menos—su apoyo, su risa y la manera que tenía de hacerle ver que cada crisis en la vida no era el fin del mundo.

Su optimismo y actitud positiva le habían ayudado en romances rotos, ansiedades académicas y momentos de bajón en su vida. Ahora le tocaba a él ayudarla a ella. Pero él sólo tenía treinta y cuatro años. Demasiado joven como para perder a su madre.

El lamentaba que ella estuviera yéndose mentalmente. El dolor era intenso, pero él no podía negarle el placer de verle y pensar que él se casaría con Felicia, una amiga de la infancia. Corinne Roberts y Jocelyn Adams habían sido mejores amigas. Desde el momento en que los hijos de los dos apenas podían caminar, las dos mujeres hicieron planes para que sus niños se casaran de mayores. Cuando Corinne enfermó, el sueño que ella había tenido para Hack y Felicia era algo que ella conservaba a pesar del deterioro de su memoria. Él no podía decirle a su madre la verdad. Su padre le pidió que siguiera adelante con el engaño y Felicia parecía estar satisfecha siguiendo el juego. Hack le compró un anillo de esmeraldas. Habían sido amigos de la infancia, pero Felicia se arrimaba a él, intentando convertir la relación ficticia en algo real. O al menos eso es lo que pensaba él.

Si su madre era feliz pensando en una boda de ellos, ¿cómo podía él decirle que no iba a ser? Juró mantener la ficción todo el tiempo que viviese su madre. Después de todo lo que ella había hecho por él, el pensaba que esto era lo mínimo que podía hacer. Aunque a Hack Felicia le caía bien, pero no estaba pensando en casarse con una mujer a la que no amaba, por muy feliz que eso hiciese a su madre.

El noviazgo falso con Felicia amargaba su vida social, ya que ella se comportaba como si fuese algo real, incluso aunque no dormían juntos. De momento, él se contentaba con verla de vez en cuando, trabajar duro y montar en su bici. El sacrificio hacía que Hack se sintiera solo, deseando una verdadera pareja con quién compartir su vida. También le hacía sentirse ardiente todo el tiempo. Decidido a darle gusto a su madre, se prometió a si mismo que encontraría la felicidad algún día.

Después de un par de semanas muy ocupado en la clínica, se tomó un descanso al lado del mostrador de la entrada para beber agua y charlar con Mary. Un hombre desconocido entró en la clínica. "¿El Dr. Hack Roberts?"

Hack afirmó con la cabeza. El hombre le entregó un papel doblado. "Ha sido notificado."

Hack desdobló el papel y empezó a jurar. Mary le preguntó con la mirada.

"Esa perra me está demandando."

Capítulo Cuatro

"Iba a toda velocidad y de manera temeraria en esa bicicleta..." dijo Rory enfáticamente y poniéndose en pie.

"Perdí el control de la bicicleta... No lo pude evitar. La bicicleta no respondió", Hack contestó, poniéndose en pie para confrontar a Rory.

"¿La bicicleta? ¡Hah! ¡Fuiste tú!" dijo ella alzando la voz y señalándole con un dedo.

"¿Yo?" gritó él en contestación.

"¡Orden! ¡Silencio! ¡Silencio!" El juez golpeó su mazo.

"Pero él..." el abogado de Rory tiró de su brazo, obligándola a sentarse.

El juez alzó la voz, "¡Guarde la compostura o le sanciono por desacato!", malhumorada, Rory se sentó en su silla.

"Su señoría, me han avasallado..." El abogado de Hack le hizo un gesto para que se sentara.

"¡Siéntese, Doctor Roberts! Va por usted también".

Hack miró estupefacto.

El juez dio unos golpecitos con su bolígrafo. "Abogados, por favor, controlen a sus clientes. Este juicio se ha convertido en un circo. Esto es un tribunal de la ley. No se toleran muestras de falta de respeto y auto-control. Ya he tenido suficiente. Ahora bien, quiero que me escuchen los dos... y el primero en abrir..." El juez miró a Hack. "O ella..." Se volvió mirando con ira a Rory. "... la boca, irá a la cárcel. ¿Está claro?"

Hack y Rory asintieron con la cabeza.

"¡Ahora bien! Creo que tengo los hechos claros en este caso. El testimonio del oficial Maloney ha sido claro. Estoy listo para dictaminar sentencia. Este es el tercer caso de ciclistas imprudentes en el parque en mi juzgado en lo que va de mes. Estoy harto de conductas tan arrogantes. Dr. Roberts, usted ha lesionado a la Srta. Sampson hasta el punto en que ella no puede ganarse la vida. De manera que pagará su alquiler durante tres meses."

"¿Qué?"

"¡Cuidado, doctor!" El juez amonestó, señalando con su mazo a Hack. El abogado de Hack puso una mano en el hombro de su cliente.

"Y, eso no es todo. La Srta. Sampson también es escritora. No puede escribir a máquina con un brazo roto. Creo que usted es miembro de la familia inmobiliaria Roberts, ¿es eso cierto, doctor?"

Hack hizo un gesto afirmativo con la cabeza.

"Bien. Yo podría obligarle a pagar a una mecanógrafa a que fuese a la casa de la Srta. Sampson todos los días. Pero eso no sería un castigo suficiente. Eso es un paseo para usted, a ver si me entiende. Hará la restitución personalmente... Lo sentirá lo suficiente de manera que nunca más será imprudente con su bicicleta. Bien, le estoy informando de que tendrá que ir al apartamento de la Srta. Sampson de lunes a viernes de diez de la mañana a tres de la tarde para escribir a máquina su libro."

"Pero Su Señoría... Yo trabajo. Soy veterinario."

"Usted *personalmente*, Doctor Roberts. Puede sobrevivir sin trabaja durante dos meses... o puede ir a la cárcel durante un año."

"Pero Su Señoría..."

"Podría hacer que fuesen tres meses..."

"¡No! ¡no!"

El juez dio un golpe con su mazo. "Muy bien, quiere tres meses. Ahora serán tres meses".

"¡Tengo que tenerle en mi casa durante tres meses!" exclamó Rory poniéndose en pie.

"Una palabra más, Srta. Sampson y la amonestaré por desacato. Quería ayuda. Ahora la tiene. Se levanta la sesión".

A medida que la gente salía de la sala. Rory se quedó sentada en su silla, mirando fijamente al frente. Hack, con la cabeza en las manos, tampoco se movió.

"Me has arruinado la vida", gimió él.

"¿Yo?" Se volvió para mirarle. "Tenerla con su actitud arrogante y provocón..."

"Casi prefiero ir a la cárcel." Su mirada se endureció.

"Después de una semana conmigo, echará de menos ir a la cárcel". Sacó la barbilla y achinó los ojos.

Los dos abogados tiraron de la manga y empujaron a sus clientes fuera de la sala. "¿Quieres que te amonesten por desacato?" Vámonos," aconsejó el abogado de Rory.

"Voy. Voy. ¿Y él qué?" ella señaló con la cabeza en dirección hacia Hack.

"Él también se tiene que ir. ¿Ves? Su abogado le está pidiendo que se ponga en pie".

"Hmpfh", bufó ella, dándole la espalda a Hack.

"Bernie, ¿y mi consulta? ¿Qué van a decir mis socios?" Hack se puso de pie.

"Tenías que haber pensado en eso cuando giraste por esa curva, chico. He hecho lo que he podido".

Parándose en la entrada, Rory tenía una mirada de desprecio triunfal.

Él se acercó a ella, apenas unos centímetros de su cara. Una sonrisa maléfica en su rostro, "Tengo que estar allí, pero no tengo que ser agradable, o bueno o eficaz tampoco". Su voz era baja y amenazante.

La mirada de júbilo de Rory desapareció. "¡Seguirás las instrucciones o informaré al juez!"

"Oh, estaré allí". Se apoyó contra la pared. "Pero te vas a arrepentir".

Dentro de ella surgió la rabia. "¡Niñato consentido! ¡Alguien debería darte un azote en el trasero!"

"¿Quieres probar. Puedo bajarme los pantalones aquí mismo".

"¡No te atreverías! El juez te metería en la cárcel tan rápido como... Eres cruel, ¿lo sabes?" Ella parpadeó conteniendo las lágrimas. "Me hiciste daño. ¿Tienes alguna idea de cómo me duele el brazo? ¿Lo difícil que es conciliar el sueño? Me quitas mi capacidad para trabajar y luego haces muecas y te portas mal porque me tienes que ayudar. Eres un buen elemento". Ella sacudió la cabeza.

Su expresión de satisfacción se borró. Ella le dio la espalda. Hack puso una mano en el hombro de ella. "Eh, mira. Yo no te hice daño a propósito. Sólo estaba haciendo ejercicio. He estado yendo en bici en el parque un millón de veces y nunca atropellé a nadie".

"Pues, ahora lo has hecho. Lo mínimo que podrías hacer es arrepentirte y querer arreglar las cosas. En vez de eso, eres arrogante, sólo pensando en cómo te afecta a ti. Y yo, ¿qué?"

"Bueno.... Yo... yo... No quería..."

"La señorita palito de pan puede quedarse contigo. ¿Sabe ella lo que se lleva? Tan egoísta... Yo no te aceptaría ni aunque me pagasen un millón de dólares". Ella hizo un gesto para que él retirase la mano y se fue hacia su abogado. Los dos juntos salieron por la puerta antes de que Hack pudiera decir nada.

Cuando sonó el telefonillo, Rory estaba intentando ponerse una camiseta de tirantes lo más rápidamente posible con su brazo roto. Pulsó la tecla para que Hack pudiera entrar. La llamada en la puerta sonó antes de que ella estuviera completamente vestida.

"Un momento. Ahora voy." Sonaron nudillos en la puerta otra vez. Ella podía sentir la impaciencia de él a través de la madera. Finalmente, consiguiendo meter su escayola a través del tirante, se colocó la camiseta y abrió la puerta de golpe.

"No podía esperar un maldito..." Alzó la mirada. El Dr. Hack Roberts llenaba el espacio. Su cuerpo apetecible de un metro noventa y dos se recostaba contra el marco de la puerta. Llevaba la mirada arrogante que ella había visto antes. Sus ojos eran un suave color marrón claro, la mandíbula cuadrada. Su barbilla sin afeitar era atractiva y sus labios... bueno, pues eran perfectos. *Bueno, es atractivo. Es un imbécil.* Algo de él le hizo vibrar. Ela quería recorrer su mejilla con un dedo.

"Sabías que yo venía. ¿No podías estar lista a tiempo? Odio las mujeres que se retrasan", dijo él cruzando el umbral de la puerta.

"No es fácil vestirse con esta... esta cosa en el brazo."

"Bueno, empieza más temprano". Él entró y se paró, con la mirada recorrió la habitación. "Empecemos ya. Hay otras cosas que tengo que hacer aparte de ser tu niñera. ¿Dónde me siento?"

"¿Tienes que estar aquí hasta las tres, verdad?"

"Eso es lo que dijo el juez". Ella no sabía si quería darle un cachete para borrar la mirada aburrida e irritada de su cara o darle un beso. *¿Darle un beso? ¡Jamás!* Rory borró la idea de la mente, pero no podía dejar de mirar sus ojos marrones burlones, sus labios besables o su pelo marrón y espeso.

"Aquí", ella retiró una silla delante de su pequeña mesita de trabajo, donde sólo cabía su portátil.

El volvió la mirada hacia ella, su mirada deteniéndose en los senos de ella y luego miró la silla. "¿Esperas que alguien de mi tamaño encaje en este diminuto espacio durante cinco horas cada día?"

"Espero que hagas lo que dijo el juez". Su boca se cerró en una mueca tensa y enfadada, con el brazo cruzado. Su celular sonó. Sonó la Rapsodia Sueca. *Interesante. Le gusta la música clásica.*

"Felicia", dijo.

"Ah, la señorita lapicero llamando. Bueno, no la tengas esperando". Él le echó una mirada iracunda. Rory descansó en sofá bebiendo te de una taza con rayitas rosa, escuchando la conversación de él.

"Estoy aquí hasta las tres, Felicia. ¿Qué? No. No. No puedo. Eso es lo que dijo el juez". Hubo un silencio prolongado. "¿Quieres que me metan en la cárcel? Estoy seguro que Rory no aceptaría eso. No. Tres meses. Hazte a la idea". Cerró su celular.

Una carcajada surgió del pecho de Rory. "La correa es demasiado larga para la Señorita Astilla?"

Él frunció el ceño. "No es asunto tuyo".

"Díle a la Ramita que no llame. Mientras estés aquí, eres mío... mi prisionero. Para lo que yo quiera". Ella se relamió los labios. *¿Lo que yo quiera? ¿Qué estoy diciendo? Él es el enemigo.*

"¿Qué?" Dijo él alzando una ceja.

"Quiero decir, para mecanografía". Ella se giró para ocultar el calor que sentía en las mejillas.

"Bueno, ¿dónde está el trabajo? ¿De qué se trata?"

"Ya te lo he dicho. Misterio... un poco de romance. No prestas mucha atención ¿verdad?"

Su rostro se volvió rojo intenso. "¿Voy a estar escribiendo cosas de sexo?"

"¿He dicho sexo?"

"No, pero romance y sexo van de la mano ¿cierto?"

"¿De la mano? Yo no lo diría así... quizás de la mano y, ehem... otra cosa". Ella rió levemente.

Él se sonrojó furioso por la broma de ella y cambió de postura para mirar hacia la mesa.

"Bueno, empecemos. Déjame abrir el documento". Ella se situó detrás de él y se inclinó. Su olor masculino se mezcló con el olor de su camisa recién planchada. Su pecho rozó el hombro de él y ella sintió un temblor. *¡Maldición!* Su vida de sexo cotidiano se había detenido cuando desapareció Bruce. Ella no se había dado cuenta lo mucho que echaba de menos el amor físico hasta este momento tan cerca de Hack. Sus sentidos se pusieron en alerta con el levísimo roce de su cuerpo contra el de ella.

No había manera de inclinarse sin contacto físico. Rory intentó prestar atención para abrir el documento, pero su creciente deseo de acariciar su hombro o deslizar la palma de la mano por su pecho hacía difícil prestar atención. Por fin llegó a la página correcta.

"La Pista en la Caja Azul. ¿Es este el relato?"

"Si. Lee los tres últimos párrafos antes de llegar al final".

Él la obedeció. "Pensaba que era un relato de misterio".

"Lo es. Pero los dos detectives se han enamorado".

"Sigue".

Rory se alejó del olor seductor de Hack y su presencia tentadora. Caminó lentamente hacia la puerta y volvió sobre sus pasos. "Mientras Lavinia y John estaban agachados dentro del armario, sus cuerpos tocándose, surgió un calor entre los dos".

¿John y Lavinia o Hack y yo? Estoy casi sudando y hace frío aquí dentro. Parada detrás de él pero muy cerca, sintió el calor de él envolviéndola. Su reacción hacia él y su calor corporal avivaron su propia temperatura interna, distrayéndola del trabajo. Con un poco de trabajo, Rory se quitó el jersey y lo dejó caer encima de una silla. El aire frío no le hizo dejar de pensar en Hack o sentirle.

El sonido de las teclas en el ordenador le hizo volver a fijar la atención en el relato. "John no pudo encontrar una postura cómoda para su brazo exceptuando abrazarla a ella. Su mano descansó en un seno de ella. Él sonrió en la oscuridad al sentir que ella no se retiraba. Diantres, ¿a dónde iba a irse?"

"¿Vas a estar escribiendo escenas de sexo explícitas? Porque yo no hago eso". Hack retiró las manos del teclado.

"Tú haces lo que yo te diga. La orden del juez no dice ´excepto escenas de sexo explícitas´´."

"Mierda", se dijo para sus adentros.

"Esto es relatos de misterio. No hay sexo explícito. Pero sí que se acuestan juntos".

"Genial. Sigamos".

"Él la sintió moverse a su lado. Se volvió y la besó mientras apretaba su carne tierna. Lavinia suspiró en su boca, devolviendo su beso. John retiró la mano y deslizó los dedos bajo el jersey de ella..."

"¡Un momento!"

"¡No! Estoy en racha. Cállate y escribe".

"Lavinia. ¿Qué clase de nombre es Lavinia?" murmuró él.

"Te he oído. Me gusta el nombre. A ti no te tiene por qué gustar. No estoy escribiendo este libro para ti".

"Desde luego que no".

"¿Eso qué quiere decir?"

"Quiere decir que yo no leo estas cosas... cosas de sexo".

"¿Oh? ¿Y nunca has leído pornografía? ¡Fíjate, Mundo, el único hombre vivo que nunca ha leído pornografía!" Gesticuló ante la ventana.

"¿Esto va a ser pornografía?" Alzó las cejas.

"¡No!"

"Entonces, ¿cuál es el problema? Admás, yo miro porno pero no lo leo. Prefiero ver las fotos". Rió por lo bajo.

"Siempre estás volviendo al tema del sexo. ¿Estás intentando decirme algo?" *¿Te gustaría acostarte conmigo?*

"Tú eres la que dijo la palabra 'pecho', no yo".

"¿Te pones cachondo cuando ves 'pechuga de pollo' en un menú?" le devolvío ella.

"Claro que no. Sólo pechuga de mujer". Se rió de su propia broma.

"Volvamos al texto. Vamos a ver, ¿dónde está ese número que me dio el juez para llamar si fallabas?"

"Vale, vale. Él deslizó sus dedos bajo...'"

Ella sonrió. *Gano la primera ronda.*

Cada día empezaba igual. Hack y Rory empezaban enfrentándose pero se ponían a trabajar después de una hora de insultos por lo bajo. Rory daba rienda suelta a sus frustraciones con júbilo en su prisionero el veterinario. *Es la razón por la cual mi vida está trastocada. Y Baxter también. Que sufra un poquito.*

En poco tiempo el intercambio entre los dos se convirtió en un juego para ella. La soledad se quedaba atrás cuando Hack estaba allí escribiendo. Ella se negaba a admitir que le gustaba tenerle allí, sin embargo se esmeraba mucho con su aspecto físico antes de que él llegase, arreglándose el pelo y poniéndose maquillaje y perfume.

Se dio cuenta del interés de él en su pecho. Rebuscando en su armario, a propósito seleccionaba las camisetas y jerséis más provocativos. Provocarle le excitaba. *¡Se le estaba haciendo agua la boca!* Vestir cosas sexy tenía un efecto secundario–la excitaba a ella.

Se volvió muy consciente de la presencia de él. Cuando él estaba cerca, el deseo de tocarle y que él la tocase se avivaba, como un imán acercándose a un pedazo de metal. Ella se resistía, diciéndose que estaba en secano desde que Bruce la dejó.

Todos los días hacían una pausa para almorzar a la una. Rory comía cosas preparadas por ella mientras que Hack se compraba cosas de delicatesen. Fingiendo que su comida era superior a la de él, ella secretamente albergaba un deseo de probar los sándwiches de queso Filadelfia y jamón con mayonesa y mostaza que él se zampaba.

Incluso si él se hubiera ofrecido, ella habría rechazado compartir su comida, ni siquiera la habría probado. Pero él no ofrecía nada y eso la molestaba. También le molestaba su riqueza que era obvia y su arrogancia. En realidad, todo lo que tuviera que ver con el Dr. Hack Roberts le molestaba, la tenía despierta por las noches.

Al comienzo de la segunda semana, Rory se fijó en que él no venía con su bolsa de plástico de la delicatesen.

"¿Hoy no traes comida?" La mirada de Rory le recorrió de arriba abajo. Le gustaba ver su cuerpo alto y musculado. *No es mi tipo, pero no pasa nada por mirarle.*

"Se me olvidó. Normalmente no traigo comida a la clínica. Pido comida preparada." Se sentó ante el ordenador.

A Rory le dio lástima. "Supongo que tendrás que padecer comer comida mía." Rory alzó su brazo sano por encima de la cabeza para evitar tener agujetas. Espió a Hack con la mirada fija en su pecho, como hacía cada vez que podía. Se rió para sus adentros. *Con esa torta plana que él llama mujer, no me extraña que le guste mi pecho.*

"Descanso para almorzar". Hack se puso en pie y estiró los brazos y las piernas. "Un día de estos me va a dar un calambre por culpa de esa mesita. Todos los músculos de mi cuerpo van a sentir un espasmo".

"Llamaré al 911. ¿Todos los músculos?" Ella enarcó una ceja y luego disfrutó del sonrojo que sus palabras habían provocado en sus mejillas.

"Ya sabes lo que quiero decir".

"Venga ya. Tengo algo nuevo que he preparado".

"¿Tienes el número de teléfono del centro de toxicología a mano?'

"Muy gracioso". Ella sacó dos pequeñas tartas de carne de la nevera.

"¿Qué tienen, el cadaver de tu último novio?" Rió levemente ante su propia gracia.

"Si no paras, ¡dare el tuyo a Baxter!" Al sentirse nombrado, Baxter saltó del sofa y se acercó a Rory golpeando el suelo de madera rítmicamente con su escayola. Ella le dió un caprichito para perros de una bolsa que tenía en el mostrador.

"Se va a poner gordo si le das un caprichito de ésos cada vez que te lo pide. Especialmente ahora que no puede andar mucho con esa escayola. No es una buena costumbre de todas formas".

"¿Y qué? ¡Dios! ¿Nunca te dejas llevar? ¿Has hecho algo alguna vez porque querías hacerlo o porque te sienta bien?" Rory gesticuló, abriendo los brazos.

"Puedo ser espontáneo", dijo él con un mohín.

Ella se dobló de la risa. "¿En serio? Y los hipopótamos vuelan". Metió las tartas en el horno. "¿Cocina la Señorita Goma del Pelo? No, seguro que no. Después de todo, como no come, ¿por qué iba a cocinar?"

"Salimos a comer o pedimos cosas preparadas".

"No todo el mundo puede costearse salir fuera o pedir comida para llevar todo el tiempo". En cinco minutos el tentador olor de carne de ternera y costra de tarta llenó el pequeño apartamento. Rory se dió cuenta que Hack se lamia los labios y miraba fijamente el horno. *Pobrecito, necesita una comida hecha en casa.* Media hora más tarde sonó el temporizador del horno. Rory titubeó delante del horno. "Me vendría bien una ayudita. No necesito añadir una quemadura de tercer grado a mi brazo roto".

Hack captó la indirecta no tan sutil, se colocó unos mitones para no quemarse y sacó las tartas del horno. Las colocó en una rejilla para que se enfriaran que Rory había puesto. Rory hizo un agujero extra en sus tartas para que se enfriaran más deprisa. Luego tomó un bocado pequeño con un tenedor y sopló para enfriarlo.

"Toma, un bocado y díme qué te parece". Le dio el bocado con el tenedor y se mordió un labio.

Hack cerró los ojos.

"¿Y bien? ¿Qué te parece?"

"Creo que estás perdiendo el tiempo escribiendo cuando podrías ser una chef exitosa".

Al día siguiente Hack apretó el paso camino a casa de Rory para no llegar tarde. *¿Por qué estoy corriendo? ¿Y qué si llego tarde?* No siguió haciéndose preguntas porque no quería reconocer la verdad. *¿Va a cocionar hoy también?* La boca se le hacía agua, y se le removían las tripas al recordar las tartitas que ella había creado.

Ella estaba enfrascada en la tarea cuando él llego. Hack se sentó y se puso a trabajar rápidamente, abriendo el documento y yendo al punto donde habían parado el día anterior. Ella dictó mientras daba pasos por la habitación. Hack hizo un esfuerzo por mantener los ojos en la pantalla y no mirar el cuerpo atractivo de ella, pero no lo conseguía todo el tiempo.

"Léeme esa última parte, ¿vale?" preguntó ella.

"¿Qué? ¿Qué parte?"

"¿Qué demonios? ¿Estás siquiera prestando atención?"

"Lo estoy". Él sintió calor en las mejillas.

"Pues a mi no me lo parece. La parte donde ella tose." Hack encontró el párrafo y lo leyó en voz alta.

"Bien. Sigue. 'Él le tapó la boca con una mano pero ella siguió'."

Hack apretó los labios y reanudó la escritura. Rory se inclinó por encima de su hombro buscando algo en la mesa. El olor de su perfume de lilas le hizo prestar atención a ella. Se mezclaba con el olor de ella, seduciéndole, haciéndole querer avasallar su cuerpo, o por lo menos, besarla. Con sus labios suaves y rosa a la altura de su oreja, él ejerció todo el auto-control que pudo para seguir con las manos en el teclado. Pero no tenía un control total de todas las partes de su cuerpo.

Si esto sigue así, me voy a poner duro como una piedra en unos minutos. Intentó prestar atención a las palabras de ella, pero el roce de su pecho le distrajo totalmente. Lo único que podía pensar era tener entre sus manos sus suaves pechos. *¡Son fantásticos. Qué cuerpazo tiene!* Los dedos le ardían y sintió su entrepierna ponerse firme. El cuerpo esbelto y duro de Felicia no le estimulaba para nada. Nunca había sentido la tentación de acostarse con ella aunque ella le había hecho saber claramente que estaba dispuesta.

A él le gustaban las mujeres con más cuerpo, más blanditas, con algo a qué agarrarse. Antes de llegar al acuerdo con Felicia, él había sido bastante ligón. En la universidad y el colegio de veterinaria, Hack había tenido todas las mujeres que quiso. Pero nunca la correcta. A menudo pensó que era demasiado exigente. Luego las cosas le habían llevado al acuerdo con Felicia y el momento de encontrar la mujer correcta se había esfumado.

Las palabras sexy de Rory le estimulaban, le calentaban. *¿Cómo voy a poder irme si se me pone dura?* La preocupación le ayudó a solucionar el problema al crearle ansiedad que distrajo su cuerpo. De todas formas, hacer esto todos los días haría que resistirse fuera complicado. *¿No tiene ningún jersey de cuello vuelto? Recuerda, es una cabrona. Va a por mí.* Pero él no se creía eso. Él sabía que la culpa había sido suya y que necesitaba restituirla de alguna manera.

Escribió durante una hora antes de que Rory avisó que tenían un descanso.

"¿Café o té?" Preguntó ella mientras entraba en la pequeña cocina.

"¿Vas a hacer café?" Se puso en pie estirándose.

"Lo haré si tú te lo bebes".

"Me encantaría una taza de café".

Rory se acercó descalza al fregadero. Hack la miró con ojos hambrientos. Sus vaqueros estaban estirados en todos los sitios donde quedaba bien. Incluso la laca de uñas rosa en las uñas de sus pies le atraían. Felicia llevaba laca de uñas oscura que le recordaban a Dracula. El trasero de Rory era tentador. Una visión de ella cabalgando encima de él mientras él le agarraba el trasero le hacía la boca agua. Tragó y se fijó en el apartamento de ella.

Al contrario que el apartamento de Felicia que era obsesivamente minimalista y decorado todo en blanco y negro, el apartamento de Rory era desordenado, lleno de cosillas creativas, cuencos de cerámica y obras de arte. Sus paredes blancas estaban cubiertas por cuadros al óleo originales y laminas. En una vitrina había piezas hermosas de cerámica hechas a mano. Los colores eran cálidos —sandía, oro y marrones suaves. *Tonalidades tierra. Terrena como ella.* Una manta de color frambuesa tejida a mano estaba doblada encima del brazo del sofá. *¿Dónde he visto eso antes?*

El aroma de café recién hecho mezclado con su perfume de lilas le vino a la nariz. El sofa, del mismo color que Baxter, era blando y cómodo. El doguillo estaba dormido allí con la cabeza apoyada en el reposabrazos.

"¿Tienes hambre?"

"Sólo son las once".

"¿Y?"

"No es la hora de comer todavía".

"¿Siempre comes según el reloj y no según tus tripas?" Ella hablaba a la vez que abría una lata de galletas navideñas. Sacó dos bollitos y los colocó encima de un platito y cerró la lata.

"¿Los haces tú misma?"

"Si. Más barato que comprarlos".

"Tienen buena pinta".

"Son de grano de chocolate. Los meto unos segundos en el microondas para que se derritan los granos". El estómago de él gruñía.

Hack se fue al lado de Baxter. El doguillo se dió la vuelta, descansando la cabeza encima de la pierna de Hack acurrucándose todo lo que pudo contra su cuerpo. El veterinario sonrió al perrillo. Rory colocó el plato y la taza encima de la mesa de café. Luego fue a por leche, azúcar y su propia taza. Los dos prepararon sus bebidas calientes en silencio. Hack tomó un bollito y le dio un mordisco. Era el mejor que había probado en toda su vida.

"Esto está buenísimo".

"Gracias. Shirley, la vecina del pasillo me dió la receta".

Felicia siempre compra comida de encargo. No creo que siquiera tenga una olla o una sartén. ¿Por qué estoy comparando todo el tiempo? Sólo estoy aquí cumpliendo con mi obligación. De todas formas. Son tan distintas. ¿Podría yo salir con una chica como Rory? Tan única, espontánea, creativa, tan distinta a mi vida?

"La Señorita Limpia Pipas cocina?"

Hack sacudió la cabeza mientras masticaba y tragaba.

"Qué mal para tí. ¿Te gusta comer, eh?"

"¿A quién no le gusta?" Bebió café para tragar el bollo.

"Si. A mí también me gusta. Así que, aprendí a cocinar. Shirley me ha enseñado mucho. Es la mejor. Puede cocinar lo que sea".

"¿Tu madre no te enseñó a guisar?"

"Aprendí algunas cosas de ella". Las mejillas de Rory se colorearon. "No estamos cerca".

"¿Ella vive en Nueva York?"

"Florida".

Hack hizo un gesto afirmativo con la cabeza y tomó otro pedazo de bollo que se deshacía en su boca. "Podrías ganar dinero vendiendo bollos de éstos".

"Soy escritora. Es lo que me gusta hacer", dijo ella mascullando las palabras.

"Vale, vale, no me arranques la cabeza de un bocado".

"¿Le dices a la Señorita habichuela verde lo que tiene que hacer?"

"¿Quieres decir en qué trabaja? No. Ella se dedica a la moda".

"Oh? Una diseñadora. Ya veo. ¿Así que puedo llamarla si tengo una emergencia con mis zapatos o mi pañuelo rosa no va con mi chaqueta?"

Hack rompió a reir. Se cerró la boca antes de que perdiese el pedazo de bollo que estaba comiendo.

Rory sonrió, feliz porque su comentario había dado en el clavo. "Supongo que es bastante fácil vestir un alfiler recto y que esté bien".

Él admiraba la habillidad verbal de ella. "¿De dónde sacas todos estos nombres para Felicia?"

"Soy una escritora, ¿recuerdas? Sólo estoy empezando a calendar motores".

"¿Por qué te enfadaste tanto cuando dije que podrías vender tus bollos?"

"La gente, familia... han estado intentando que yo dejase de escribir. Pero es lo que amo hacer. He vendido algunos relatos cortos de romances también".

"¿De veras?" Se metió el último pedazo de bollo en la boca.

"Se publicaron en una revista, *Romances de Hoy*".

"Eso está muy bien. ¿Por qué no te apoya tu familia?"

"No quiero hablar de ellos. Me gustaría que la gente dejase de intentar buscar nuevas profesiones para mí. Volvamos al trabajo".

"Lo que quería decir es que las cosas que cocinas son lo suficientemente buenos como para que los pudieras vender. No quería decir que dejaras de escribir. No si es lo que te gusta. Se suponía que era un cumplido".

"Gracias".

A Hack le sorprendió que ella no le devolviese un comentario viperino. *Quizá no le dicen muchas cosas positivas. Qué pena.* Terminó su café y llevó sus cosas al fregadero.

Una vez que estaban en sus sitios de costumbre, habló Rory. "¿Por dónde íbamos?"

Hack leyó los tres párrafos últimos y Rory recordó.

"¿Se la va a tirar dentro del armario?"

"No. Los malos les van a interrumpir".

"Qué pena. El tío seguramente tenía un calentón del tamaño del edificio Empire State" Ahora era el turno de Rory para reírse. Cuando se recuperó, prosiguió dictando. Hack escribía sin comentarios durante otra hora. Baxter roncaba en el sofá.

"'Entonces Gerald tomó la pistola y golpeó la cabeza de Arsen...'"

Hack se paró. "No, espera. No puede hacer eso. Perdió la pistola hace tres escenas".

"Pues entonces hacemos que... "sacó la pistola de una de sus botas.`"

"Pero es verano. No llevaría botas".

Rory lanzó un gemido. "¡Venga ya!"

"Tienes que hacer que todo siga bien o no tendrá sentido".

"Pero tengo que hacer que Gerald noquee a Arsen".

"Entonces busca otra cosa que use. Hay muchos agujeros en tu trama, sabes".

"¿Te he preguntado algo a tí? Esto es un primer borrador".

Él tomó nota de su tono defensivo. "Menos mal porque esto necesita mucho trabajo".

La cara de Rory se puso roja.

Hack no estaba seguro de que ella no iba a sacar un arma de debajo de los cojines del sofá y pegarle un tiro o si iba a romper a llorar. *Muy bien, Roberts. Con mucho tino y muy sensible.* "Lo que quiero decir es que está claro. Es sólo un primer borrador. Sigamos adelante. Siempre puedes volver atrás y corregir". *Lo que sea para que no me pegue o rompa a llorar. No puedo con las lágrimas.*

"Si". Su tez volvió a su color normal. "Sigamos adelante. Arreglo eso luego".

Siguieron trabajando y pararon a la una para comer. Una pequeña alarma en el reloj de pulsera de Hack pitó justo a las tres de la tarde. Sonrió y se puso en pie estirándose. Una mirada rápida a Rory la pilló mirándole fijamente mientras él estiraba los brazos hacia el techo.

Él hizo una mueca. "¿Algo mal? ¿Una mancha, un desgarrón?" Examinó su camisa.

"Nada, nada". Pero su cara estaba roja.

Me estaba mirando fijamente. ¿Quiere decir eso que le gusto? No, no puede ser.

"Eso es todo por hoy. Gracias por venir".

"No tenía otra opción".

"Francamente, no esperaba verte".

"¿Después de las regañinas que me has estado propinando?"

"Si, supongo".

"¿Por eso es que tardaste en vestirte... otra vez". *No te molestes en vestirte por mi. Vente a la puerta desnuda.*

"Si. Creí que te habías rendido, obligarme a denunciarte y pasar un rato malo de papeleo y cosas".

"Soy un ciudadano que acata la ley".

"Excepto cuando se trata de luces de tráfico en el parque, verdad?"

Retorció una servilleta en la mano y se llevó un dedo al cuello de la camisa.

Ella le puso la mano en su brazo. "Disculpa. No tenía que haber dicho eso. Estás cumpliendo con tu obligación".

Él se dirigió hacia la puerta.

"Hicimos mucho trabajo hoy. Gracias". Ella bajó la mirada, sus largas pestañas negras se movían rápidamente, una visión encantadora para él.

Hack estaba hipnotizado, se quedó parado en el umbral de la puerta. "De nada. ¿Hasta mañana?" Su mirada se detuvo en el rostro de ella, sus labios le atraían.

"Si. Intentaré estar vestida cuando llegues".

"Por mi, no te vistas". En el instante que eso salió de su boca, se le detuvo el pulso. La sangre le subió a la cara. Aturdido, intentó arreglar su desliz. "Lo que quería decir era... quería decir... quería decir..."

Rory rió. "Sé lo que querías decir. No pasa nada. Hasta mañana".

Hack salió deprisa, sin recuperar el aliento hasta que llegó a la calle. Recorrió media cuadra antes de darse la vuelta para mirar el edificio donde vivía ella. Cuando pisó más cerca del parking, podía ver la ventana de ella. Allí estaba, rellenando un pequeño comedor de pájaros en la barandilla.

Nunca he conocido a nadie como ella. Una lengua como una cuchilla de afeitar. Pero suave por dentro. Le da comida a los pájaros. Rescató a su doguillo. Es como un pájaro herido con una ala rota. Imprevisible. Pero me hace sentirme vivo.

Ella alzó la mirada y sus miradas se cruzaron un instante. Avergonzado por haber sido pillado espiándola, él se volvió y se encaminó a su vida aburrida. Intentó empujar visiones de ella de su mente. Tenía animales que tratar, amigos a quienes ver para una cerveza y Felicia a quién tenía que contentar.

No hay sitio en mi vida para ella. Me necesita pero sólo serán tres meses. Bueno. Yo la ayudaré. Luego estaré de vuelta a la normalidad. Un aburrimiento mortal. Las perspectivas de su vieja manera de vivir parecían tan blanco y negro en comparación con los colores brillantes de la vida de Rory.

Suspiró y abrió la puerta de su clínica. "Hola, Mary. ¿Quién me espera?". Se puso su bata blanca y se lavó las manos.

"Felicia. Y no parece estar muy contenta".

Capítulo Cinco

Hack respiró hondo antes de entrar en la sala de reconocimiento médico donde le esperaba Felicia.

"Hola, guapo". Ella le sonrió y se acercó a él y le plantó un breve beso en los labios.

"Hey. ¿Qué pasa? Estoy hasta arriba de pacientes". Recogió cuatro portapapeles con informes médicos de pacientes.

"Te eché de menos en el almuerzo en Bryant Park hoy". Ella le recorrió el pecho con una mano.

"Te lo conté. Estoy con la cosa esta del juzgado, no voy a estar disponible durante el día hasta dentro de tres meses". Con suavidad retiró los dedos de ella y empezó a repasar las páginas de los informes médicos.

"¡Joder, Hack!" Su actitud dulce desapareció como una mascara de *papier mâche*. "Paul Montgomery estaba allí. Yo estaba allí modelando su nueva colección. Te necesitaba allí". Ella dió pasos en la pequeña habitación.

"Me necesitabas allí, ¿para qué, subir o bajar una cremallera? Estoy seguro de que todo te fue bien, Felicia. Ya sabes que esas cosas de la moda son una pérdida de tiempo para mí. Lo único que hago es estar allí de pie". Hack repasó la información sobre el primer paciente.

"No está tan mal". Ella se apoyó en la mesa de reconocimiento médico, frunciendo los labios.

"Estamos hablando de tiempo que no tengo y no voy a tener durante tres meses".

"Esa zorrita. Todo es culpa de ella".

"No te metas en eso. Yo lo hice. Le dí a ella y a su perro. Así que ahora tengo que pagar". Colocó los datos clínicos del primer animal en su sitio y se puso a repasar los del segundo paciente.

"Pero tú eres un Roberts. ¿No podrías pagarle algo para que se olvide del tema?"

Hack dejó de leer apoyando los documentos en el pecho. "No todo es un tema de dinero. Además, si lo hubiera intentado, el juez me habría encarcelado".

"Podrías intentarlo". Ella se arrimó a él, jugueteando con los botones de su camisa.

Hack dió un paso hacia atrás. "Y acabar en la cárcel. Entonces no estaría disponible durante veinticuatro horas al día siete días a la semana. ¿Prefieres eso?"

Ella hizó una mueca, sacando el labio inferior. *Vaya, hay veces en que es realmente poco atractiva.*

"No todo gira entorno a tí, Felicia".

"¿Puedo evitar echarte de menos?"

No me creo eso ni un instante. "No llevemos el tema este del noviazgo fingido demasiado lejos, ¿vale?"

"¿Por qué tiene que ser fingido? Nos conocemos desde hace años, Hack. Yo creo que te puedo hacer feliz".

"¿Te me estás declarando?" Él enarcó una ceja y rió.

"Quizás".

"No nos metamos en eso. Me gustaría mucho seguir con el tema, pero tengo perros, gatos y una tortuga enferma que ver. Te veo mañana por la noche".

"¿Te lo pasaste bien en casa de esa mujer?"

"Si, realmente, no era..." Hack se paró, avergonzado de lo que había revelado.

Los labios de Felicia mostraban una sonrisa sutil. "¡Te pillé! Yo no me he creido que todo esto era una penitencia por tus pecados. ¿Te gusta esa manipuladora gordita?"

"No es gordita. Tengo que trabajar, Felicia. Hasta mañana por la noche, nos vemos para cenar". Dijo él a la vez que abría la puerta. Ella se alejó lanzándole un beso en el aire.

Sintió alivio una vez que ella y sus preguntas habían desaparecido. Prestó atención a los gráficos de sus pacientes y volvió a ser un veterinario. *¿Me gusta Rory? ¿Cómo puede ser? Pero sí que es verdad que es sexy.* Alejó de su mente pensamientos sobre el cuerpo voluptuoso de Rory y salió a la sala de espera par aver a Muffy, la gata Himalaya.

La mañana siguiente, cuando se aproximaba la hora de las diez, Hack dejó de lado sus obligaciones como veterinario y se preparó para ir a casa de Rory. Primero se lavó en su cuarto de baño privado en la clínica. Después de afeitarse con una maquinilla eléctrica, se echó una colonia cara. Se quitó la camiseta y se puso una limpia, luego una camisa de manga larga. Se abrochó todos los botones, enderezó el cuello de la camisa, se cepilló los dientes y se peinó.

Cuando Hack se detuvo ante la mesa de la recepción, Mary le miró de arriba abajo antes de hablar. "Vaya, vaya, uy, dios mío. Qué guapo", dijo con un brillo en los ojos.

"No sé qué quieres decir", dijo él, carraspeando.

"Todo elegante para la Señorita Escritora, ¿eh?"

"Es una sentencia, no una cita, Mary".

"A mi me podría parecer otra cosa. Camisa nueva", dijo ella dando un paso hacia atrás, mirando hacia su cabeza. "Pelo repeinado. Con la raya impecable. ¿Cuánto has tardado en arreglarte?"

"¿Y qué? Me he peinado".

Ella olisqueó ruidosamente. "Incluso hueles bien. Un poco de colonia cara en tu rostro afeitado".

"Me marcho, Mary. Vuelvo a las tres y media", dijo, ignorándola.

"Que te diviertas, Hack". Luego añadió, "y que disfrutes de cada minuto" más bajo.

En un descanso, Hack miró la biblioteca de Rory que iba del suelo al techo. "¿Qué te gusta leer?" Se comió un poco de galleta de chocolate casera. Estaban descansando. "Misterios y romances. ¿Y tú?" dijo tomando un sorbito de té.

"Libros medicos y algún thriller de vez en cuando".

"¿La Señorita Canija lee?"

Él sacudió la cabeza. "Sólo las noticias de la moda".

Rory hizo un gesto con la cabeza. "Ahá, ya veo. Una auténtica intelectual".

"Es la mejor en lo que hace ella".

"Estoy segura de que el nuevo color candente del año es noticia de portada en el *The New York Times*".

Hack rió. "Vale, quizás no sea de importancia transcendental...".

"Es una tonta. Dáte cuenta. Tú debes ser inteligente para poder acabar la carrera de veterinaria, aunque lo ocultas bien".

Su rostro se puso rojo. "¡Un momento! Me gradué con matricula de honor de Cornell!"

"¡Pues, genial! Con eso y un bono del metro puedes ir lejos".

"¡No soy ningún tonto y tampoco lo es Felicia!"

"¿No lo es? Ni siquiera capta mis bromas. No tiene ni idea de cuando me estoy riendo de ella. No es una chica lista, Hack. Dáte cuenta de eso. Tiene que tener ... otros encantos".

"Pues..." Arrugó la frente.

"¿Oh? ¿No te da gusto en la cama?"

"¡Eso a tí no te importa!" *No me puedo creer que haya dicho eso. ¿Cómo lo sabe?* El echó una miradita al escote de ella, que se mostraba ampliamente en una camiseta de bajo escote. *Lleva eso para provocar y atormentarme. ¡Y está funcionando! Dios, si sólo la pudiera tocar durante cinco minutos.* Pero él sabía que eso nunca sería suficiente. Querría más de ella y le sorprendía que ella estuviera siempre presente en sus pensamientos, incluso cuando ya no estaba con ella.

"Está perdiéndose algo, ¿podría ser?"

Hack dejó de mirar a Rory y miró el plato de galletas y cogió otra. "Estas están buenísimas". *No voy a meterme con Felicia.*

"No vas a tener de éstas... o mucho más en plan de galleta cuando te cases con la Señorita Esqueleto".

Él lanzó una carcajada. "He estado esperando a que se te acabara la lista de insultos sobre el tipo delgado de Felicia y es que no se te acaban. Me quito el sombrero. Las palabras son claramente lo tuyo".

"Gracias". Rory se sonrojó orgullosa.

La semana siguiente, Hack se vengó vistiendo una camiseta ceñida y vaqueros. La cara de sorpresa de Rory le hizo reir por dentro. *Muy bien. Yo también puedo caldear el ambiente.* Ella le miró con descaro. Aunque él tuvo la gratificación de verla reaccionar ante él, esto sólo le hizo sentirse más incómodo. *A lo mejor podría tocarla o darle un beso. No parece que se resistiría.* Se sentó en la silla. *Mejor volver al trabajo antes de que haga alguna cosa estúpida de la que luego me voy a arrepentir.*

"¿Quieres los tres últimos párrafos?" preguntó él yendo al documento.

"¿Hmm? ¿Qué?"

"¿Tres últimos párrafos?" Chasqueó los dedos. "Espabila. ¿Soñando con tu ligue de anoche?" *O, ¿quizás te intereso yo?* Rory alzó la cabeza de repente, mirando la cara de Hack. Respiró hondo. *¡Maldición! Cuando haces eso y llevas esa camiseta, Vaya, casi se te sale todo. ¿Y esperas que yo pueda trabajar? Demonios, mi concentración ha salido por la ventana.*

"Y, ¿no te gustaría saber cómo me fue con mi cita caliente".

"Me gustaría saberlo. ¿Dónde os fuísteis y qué hicísteis?" *Estaba bromeando. Mierda. ¿Tenía ella una cita ardiente? Seguramente. Ella está caliente.*

"Lo siento. No puedo informar de ninguna cita caliente. Sólo Baxter y yo viendo la tele".

Le llenó de alivio oir eso. Se calmó, y sonrió ampliamente. *¿Estaría yo celoso? Si, pero, ¿por qué? No tengo ningún motivo, ningún derecho. Pero, maldita sea, estaría celoso. Volvamos al trabajo antes de que pase algo malo.*

Hack leyó los tres últimos párrafos mientras ella se movía por la habitación. Rory preparó café mientras dictaba. Él copiaba en silencio.

Después de un par de semanas difíciles, intentando desesperadamente mantener la concentración en la escritura cuando en realidad lo único que quería era besar y tocar a Rory, Hack finalmente controló su libido. Tenía la determinación de mantener la concentración en la tarea y no pensar en lo atractiva que era ella. No quería liarse con ella y complicar su vida. Si estuvieran citándose querría pasar todo su tiempo libre con ella. Felicia no lo iba a tolerar. Él no necesitaba ese tipo de problema.

Querría pasar tiempo con ella. Es tan ácida, sutil. Pero es lista y graciosa. Se fijó en el teclado e intentó ignorar el perfume de ella que danzaba de forma sugerente ante su nariz.

La mañana siguiente, Rory abrió la puerta para recibir a Hack con una mano mientras tenía el teléfono al hombro. Acarició a Baxter mientras hablaba.

"Espera, Hack ha llegado. Vale, díme." Miró a Hack. "Recuerda esto. La Perrera. Tres catorce calle noventa este. Vale, Janice. Vamos de camino". Colgó.

Hack retiró la silla.

Rory se calzó. "No te molestes. Tenemos que ir a... a la dirección que te acabo de dar... ¿Qué era?"

Hack se la repitió. "Yo tengo que estar aquí y sólo aquí. Según el juez".

"Tenemos que rescatar un doguillo de la perrera. Lo van a sacrificar porque está viejo".

"Eso no es mi problema." Negó con la cabeza. "El juez dijo...".

Los ojos de Rory se llenaron de lágrimas. "Eres un veterinario y vas a dejar que un doguillo se muera porque no quieres molestarte?"

"¿Eres rescatadora de perros?"

"Acabo de empezar. Soy voluntaria de Rescate de Doguillos de La Gran Manzana. Por favor, Hack. Eres un veterinario, no puedes dejarle morir".

Él la miró fijamente mientras corrían lágrimas por el rostro de ella. "Mierda. Vámonos. No se lo digas al juez".

"Si no puede andar, necesitaré que lo lleves tú. Cogeremos el tren".

"Vamos en taxi... pago yo". Él le abrió la puerta. Ella besó la cabecita dormida de Baxter y cuando salieron, Baxter empezó a ladrar.

"Lo odia cuando salgo de la casa sin él".

"Le tienes muy consentido".

"Es un perro. ¿A quién le hace daño eso?" Bajaron las escaleras deprisa. Hack llamó un taxi cuando llegaron a la esquina de la calle Amsterdam. "Durante un momento, pensé que me había equivocado contigo". Dijo ella arrellanándose en la parte trasera del taxi, secándose los ojos con el pañuelo de él.

"¿Equivocado? ¿De qué manera habías pensado que era?"

Rory miró fuera de la ventana. "Te había pensado una buena persona. Un tipo que le importan las cosas. Bajo toda esa basura arrogante y autocomplaciente podía realmente haber un tipo que se preocupaba de los demás. De otra manera, ¿por qué serías un veterinario?"

Hack se miró las manos. Ella le vió de refilón y vió su rostro enrrojecido. "A veces se me olvida eso".

"No hoy. Hoy eres un héroe. Aquí mismo, señor conductor", dijo Rory inclinándose hacia adelante.

No había demasiado papeleo porque Janice había llamado previamente y esperaban a Rory. Hack alzó el doguillo y Rory encontró un taxi.

Estaban de vuelta al edificio donde vivía ella en menos de una hora. Hack pagó al taxista y luego cogió en brazos al doguillo mayor, que tenía once años. Rory le dió las gracias, abrió la puerta y entraron. Baxter se había bajado del sofá y le ladraba a Sammy en cuanto entraron. Baxter olisqueó al doguillo mayor y luego le dió un lametazo.

"Este perro apesta. Voy a necesitar darme una ducha antes de irme a trabajar", dijo Hack murmurando.

Dúchate conmigo. Rory se llevó una mano a la boca, aunque no había dicho las palabras en voz alta. "Él necesita un baño", dijo ella.

"Supongo que eso tampoco lo puedes hacer sola, ¿no?" Ella sacudió la cabeza. "No me quedaré aquí después de las tres para compensar lo que no hemos logrado hacer hoy".

"No te preocupes. Sammy es la prioridad hoy. Le bañaremos en el fregadero." Rory lavó los platos del desayuno y Hack los secó. Luego retiraron todo de encima del mostrador.

"¿Estás limpiando el fregadero para meter un perro sucio allí dentro?"

"Puede que haya productos químicos en el fregadero que le podrían hacer daño".

El rió y sacudió la cabeza. "Lo dudo. Ahora estás mimando al perro de rescate".

"Uso este dispersor para Baxter". Ella señaló el dispersor que había al lado del grifo.

"Yo no quiero empaparme:" Hack se quitó la camiseta y la soltó encima del sofá.

Rory apenas se podía contener mientras miraba descaradamente al hombre medio desnudo. Sus hombros eran más anchos que la entrada de la puerta. Su pecho era duro, cubierto por un vello pardo que parecía llegar hasta el East Side. El vello en sus músculos abdominales formaba una línea que desaparecía en la cintura de sus vaqueros.

"Yo no me quito la camiseta", dijo ella.

Él rió. "Qué mala suerte". Su mirada descansó en el pecho de ella. Ella quería tocarle, sentir sus músculos, descansar la palma de su mano en su carne. Sus biceps eran sólidos. *Envuélveme con esos brazos una sola vez. Por favor.* El anhelo de que él la tuviera era algo que apenas podía aguantar.

Midiéndo sólo 1.62 cms, Rory era lo suficientemente pequeña como para perderse entre los brazos de él. Estar sola la había hecho auto suficiente, pero se cansaba. Desesperada por el deseo de apoyarse en alguien, casi sucumbió. La timidez se le derritió mientras miraba a los ojos de él. El sentimiento de necesidad brilló en un destello momentáneo y luego desapareció de su mirada. *Tiene a esa mujer palillo, ¿por qué me iba a necesitar a mi?* Sin embargo, vió lo que vió. Se sembró una semilla de esperanza en su corazón.

Un gemido de Sammy rompió el hechizo. Rory abrió el agua mientras que Hack se dobló para agarrar al doguillo y colocarle con cuidado en el fregadero de acero inoxidable. Hack acarició al doguillo asustado mientras ella poco a poco le fue mojando con el agua tibia. Sammy se relajó y se sentó.

Rory iba enjabonando y luego enjuagando al perro, dándole un masaje al perrito. Hack ayudó a enjabonar el pelaje patético del doguillo. Trabajando tan cerca de ella, su hombro desnudo rozó el de ella a veces, haciendo que ella temblase momentáneamente.

La colonia de él se mezclaba con el agradable olor del champú para perros. Sus dedos se tocaban mientras lavaban al perro. Los chispazos que sentía en el brazo debido al contacto con Hack, la distrajeron completamente. Sammy empezó a sacudirse antes de que ella pudiera colocarle una toalla.

Las gotas de agua volando la sorprendieron. Ella alzó la mano para protegerse y accidentalmente apretó el dispersor y se llenó la camiseta de agua completamente. Dio un grito cuando el agua le llegó a la piel, soltó el dispersor y cerró el grifo. Sammy se sacudió de nuevo.

Hack estaba riendo mientras gotas de agua cursaban por su pecho precioso. La camiseta de Rory estaba empapada. Ella soltó la toalla encima de Sammy y Hack le alzó. El calor de la mirada de Hack en su pecho, le hizo arder la piel.

"Es transpartente ¿no?" preguntó ella.

Él afirmó con la cabeza, aparentemente avergonzado de haber sido pillado mirando. "Bastante".

"Échate una buena mirada porque no puedo forcejear para quitármela contigo aquí".

"Me encantaría echarte una mano", dijo él riendo.

Ella carcajeó levemente. "Oh, no me cabe la menor duda". La idea de sus manos en ella, ayudándola a desnudarse, llenó sus entrañas de calor. "La Señorita Crepe no tiene nada como estas, ¿verdad?" preguntó mientras tomaba sus pechos en las manos antes de agacharse para atender a Sammy.

"No", murmuró él, lo suficientemente alto para que ella pudiera oirle.

Ella sonrió mientras se ponía de rodillas, intentando secar el perro con una sola mano.

"Déjame hacer eso". Hack tomó la toalla y se puso de rodillas al lado de ella.

Rory buscó el cepillo de Baxter en un cajón y cepilló el pelo de Sammy. El olor a perro mojado ahogó el olor del veterinario, haciendo que Rory desease olerle de nuevo. *Si yo meto la nariz en su cuello... No. Mejor no.*

Sammy sonrió un y agitó el rabo, feliz de estar limpio. Saltó para lamer la cara de Rory, haciéndola reir y perder el equilibrio. Ella cayó hacia atrás en el hombro desnudo de Hack. La nevera les impidió caer al suelo. Rory estaba donde quería estar.

Su pulso saltó a medida que él cerraba los brazos entorno a ella. Ella se volvió para posar la palma de la mano en sus pectorales. Sintió humedad entre las piernas. Estaba deseándole. Mirándole a través de las pestañas, le vio mirando fijamente sus pechos, que estaban casi totalmente visibles a través de su camiseta blanca y su sujetador empapados.

Su mirada se desvió hacia los labios de ella. Ella los humedeció y luego deslizó la mano para dejarla descansar en su hombro. Le presionó levemente con las puntas de los dedos. El sentir su piel le hizo latir el corazón velozmente. *Quiero estar con el piel con piel.* Él la alzó, atrayendo su cara cerca de la de él. Su boca estaba encima de la de ella en un segundo.

Ella tenía la boca abierta para su beso hambriento, y él la devoró. Hack la volteó de manera que Rory estaba descansando abajo y él encima de ella. Ella le abrazó y abrió las piernas para que él pudiera descansar entre sus piernas. Su lengua bailó con la de ella hasta que ninguno de los dos podía respirar. Hundió el rostro en su cuello, besándola, mientras que con una mano alzada le ciñó un pecho. Ella gimió al sentirle, cerrando los ojos, sus caderas alzándose para encontrarse con las de él.

Justo cuando él deslizaba los dedos bajo su camiseta mojada, sonó el telefonillo. El ruido alto les hizo dar un brinco separándose. Rory se llevó el dorso de la mano a sus labios lastimados. El pecho de Hack se movía al compás de su respiración alterada. Rory se puso en pie tambaleándose un poco mientras pulsaba el botón del telefonillo.

"¿Quién es?" Sus ojos se encontraron con la mirada ardiente de Hack.

"Felicia. Tengo la comida de Hack." Rory abrió la puerta principal de la entrada con el telefonillo. *Mierda. ¡La tabla de planchar está aquí* Rebuscó en su bolso, buscando su pintalabios. El tubito temblaba un poco mientras se lo llevaba a los labios.

"Mira, lo siento. Nunca debí había haber..."

"No pasa nada. No te preocupes. Cállate porque la horquilla para el pelo está aquí y no quiero una escena".

"Yo tampoco", dijo Hack poniéndose su camiseta. Rory se llevó los dedos al cabello y se colgó la toalla mojada entorno los hombros para ocultar sus pezones tensos y la camiseta mojada. Miró a Hack sentado de cuclillas con el doguillo húmedo en el regazo. *Seguramente tiene que ocultar que se le ha puesto dura.* Sonrió mientras abría los tres cerrojos de la puerta de entrada de su casa.

"Adelante", dijo Rory con un tono de bienvenida algo forzado.

"¿Qué demonios? ¿Habéis tenido una batalla de agua?" Felicia se retiró del suelo mojado.

"Hemos lavado un perro", explicó Hack.

"Toma. Se te olvidó esto". Colocó su almuerzo encima del mostrador. "Es un especial de Mario".

"Ah, si. Me lo pedí esta mañana. Gracias, Felicia".

"De nada. Apesta aquí dentro. Perro mojado, ¡Agh!" se pellizcó la nariz afilada.

Mezclado con el olor a deseo sexual.

Felicia se dio la vuelta para marcharse. "¿Cena esta noche?" Dirigió la pregunta a Hack.

"Por supuesto". Rory no esperó que el breve intercambio entre Hack y Felicia le molestase, pero le hirió el corazón como un cuchillo. *Viene aquí todos los días, pero no es mío. ¡No te olvides de eso!*

Felicia se marchó sin dirigirle la palabra a Rory, que cerró la puerta con un poco más de énfasis del necesario, haciendo que Baxter saltase del sofá y a empezar a ladrar. La alarma del reloj de Hack sonó.

"No me gusta irme de esta manera".

"No te preocupes. Nos dejamos llevar, eso es todo. Eres un tío cachas... El agua, mi camiseta... no pasa nada. ¿Estaba ella chequeándote? ¿A nosotros?"

"Puede ser. No es típico en Felicia traerme mi comida hasta aquí".

"¿Crees que se ha quedado satisfecha?"

"Seguramente". Él abrió la boca y luego la cerró antes de ponerse en pie. "Hasta mañana".

"No mañana. Tienes el día libre. Tengo... esto... otros... otros planes".

"Oh. Vale". Ella juraría que él parecía desencantado. "Hasta la semana que viene, entonces".

"Si. La semana que viene". Hack estiró un brazo, titubeó, luego retiró el brazo sin decir palabra.

Rory necesitaba tiempo para pensar. No tenía otros planes pero no podía volver a ver a Hack. *Necesito un par de días de margen. Necesito enfriarme un poco. Él ya tiene dueño. No puedo volver a dejar que esto pase otra vez.* De todas formas, nunca olvidaría lo maravilloso que fue estar entre sus brazos, sentir su tacto y su beso.

Se recostó en el sofa, repeinó el pelo limpio de Sammy. Baxter le achuchó en una pierna y luego recostó la cabeza allí y pronto estaba roncando. Sammy también se recostó contra ella. *Hack había estado fantástico. Hizo que Bruce pareciese un novato. Nunca me han besado así. Seguramente nunca me volverán a besar así otra vez.* Se negaba a desear algo que no podía tener. Encendió la tele allí recostada con los perros y vió una comedia romántica.

El lunes pasó sin incidentes. Hack y Rory trabajaron en plan profesional, ninguno de los dos hizo ningún comentario acerca de lo que había pasado entre ellos la semana anterior. Ella había preparado mentalmente lo que iba a dictar. No hubo ningún comentario de nada aparte del trabajo y se mantuvieron a una distancia el uno de la otra, esto no era fácil en el pequeño apartamento. Durante el descanso para comer, Hack le preguntó acerca del futuro de Sammy mientras acariciaba al pequeño visitante.

"Helen, una de las madres adoptivas se lo va a llevar. Necesita un repaso veterinario, pero creo que va a estar bien". Rory le dio un bocado a su sandwich de atún.

"¿Qué edad tiene?" Hack le quitó el envoltorio a su pastelillo de embutido del delicatessen.

"Creemos que tiene once años". La conversación siguió en este tono. Rory evitaba mirar el pecho de Hack y no le pescó mirando el suyo. Ella se quedó sentada en una silla al lado de la ventana y miró los pájaros comiendo en el comedero de la ventana. Él se centró en la mecanografía. Permanecieron ausentes el uno de la otra hasta que sonó la alarma en el reloj de Hack. Rory suspiró con alivio. *Creo que no habría sido capaz de evitar el tema o dejar de mirarle mucho más.*

El rostro de Hack se relajó, y las pequeñas arrugas entorno a sus ojos se relajaron un poco cuando se puso de pie. Cuando estiró los brazos hacia el techo para desentumecerse, Rory miró por la ventana. *No mires. Si miras, querrás tocar.* Al oirle soltar una exhalación grande, se dió la vuelta.

"Hemos avanzado mucho", dijo él.

Ella asintió, ansiosa por que se fuera, pero también ansiando que se quedase. *¿Qué estoy esperando que suceda? ¿Declararme su amor eterno, se pondrá de rodillas y me hará una pedida de mano, luego me seducirá?* Ella tragó. *Nunca pasará eso. Él ya es de alguien y no le gusto. Le gusta mis pechos. Felicia no tiene. Así que ha pillado un momento para sentirlas. Son agradables. No pasa nada. Pero, dios santo, él estaba buenísimo.*

Por mucho que hiciese para intentar olvidarle, el ardor que sentía no se iba. Cuando llegó a la puerta con Rory detrás, se detuvo y se volvió. Su mirada buscó la de ella, y deslizó un dedo por su mejilla. "Rory preciosa", susurró.

Ella se obligó a dar un paso hacia atrás.

"Estoy comprometido, de alguna manera. Si no yo... yo..." tartamudeó él.

Rory le puso una mano cerrándole la boca. "Lo sé. Está bien. Me doy cuenta". Los labios de él besaron la palma de su mano antes de que ella la pudiese retirar. Sus ojos miraron fijamente los de ella. Ella vió deseo mezclado con tristeza mientras bajaba por fin la mano.

Mas tarde ese mismo día, llegó Helen. "Un trabajo fabuloso, Rory. Le sacaste de ese infierno antes de que se pusiera enfermo. Justo a tiempo".

"Me echaron una mano". Rory encendió el fuego bajo la tetera.

"¿Y le has dado un baño? ¿Recortado las garras? Haces milagros".

Rory sonrió. "Tengo un amigo que es veterinario". *Gracias, Hack.*

"Consérvalo, cariño, es un tesoro".

"¿Te quedarás con Sammy?"

"Yo me lo quedaré un par de semanas, pero creo que tengo un hogar permanente para él. Un matrimonio mayor buscando un perro tranquilo".

"Ése es Sammy".

"Genial tenerte con nosotros, Rory. Gracias a dios que estás. Sammy también te da las gracias". El pequeño doguillo meneó la cola y le lamió la mano.

"¿Te puedes quedar para tomar un té?"

"Estoy mal aparcada. Si no, me quedaría".

Rory deseó que su amiga se quedara un ratito. Necesitaba alguien con quién desahogarse y un poco de consejo. Helen abrigó al perro con un abrigo calentito que había traido y le metió en la jaula en la parte trasera de su coche. Las mujeres se dieron un abrazo. "Gracias, Helen. Este ha sido mi primer rescate de la perrera".

"Nunca es tarde".

Mientras Rory miraba el coche de Helen alejarse, sus pensamientos volvieron a Hack. *No lo podría haber hecho sin ti. Sammy te da las gracias también. Hoy le he dicho adios a dos amigos.* Sintió un leve dolor en el corazón. Entregar a Sammy a Helen le hizo sentirse bien. Devolver a Hack a la tipa escuchimizada le dolió demasiado como para darle muchas vueltas.

Un vistazo a su reloj le hizo ver que sólo le quedaba media hora para cambiarse y marcharse al Club de la Cena para su cena de costumbre. Se duchó mientras cantaba "Todavía No Te He Conocido", y se puso unos vaqueros limpios y un jersey de color azul claro. Alimentó a Baxter y le puso su arnés y se dirigió al apartamento de Bess.

Su paso se aligeró al acercarse al edificio elegante. Sintió alivio cursar por sus venas. *Mis amigas me ayudarán. Sabrán qué hacer. Cómo manejar esta situación. Al menos me escucharán.*

Crash saludó a Rory con una inclinación de su gorra y le abrió la puerta de la entrada del Wellington. Se inclinó para rascar a Baxter tras las orejas. El doguillo meneó la cola, sonrió y jadeó. La puerta estaba abierta cuando Rory salió del ascensor. Desenganchó a Baxter y el perro corrió dentro del apartamento.

"¡Qué bien que hayas llegado!" exclamó Miranda mientras se llevaba su larga melena oscura tras el hombro.

"¿Ha llegado Rory? Bien. Preguntádle, preguntádle", insistió Brooke.

"¿Qué pasa?" Rory entró saludada por Bess que le entregó un vaso de Cabernet. Rory se unió a sus amigas tomando asiento en la barra de desayuno, mientras las otras se quedaron en pie a su lado. Bess rellenó vasos.

"Parece que hay un poco de desacuerdo sobre vinos. Vamos a comer guiso de cordero. Miranda dice que tiene que ser vino tinto y Brooke dice que se puede tomar rosado..."

"Hack y yo nos liamos" dijo Rory de golpe. Toda la conversación se detuvo. Las mujeres se quedaron heladas en sus sitios y las miradas fueron de un rostro a otro.

"¿Hiciste el qué?" preguntó Brooke.

"Me lié con Hack. Y si la esqueleto no hubiera llegado con su almuerzo, seguramente habríamos hecho el amor".

El silencio lo rompió una tos de Bess. "Tengo que ver como va el guiso", dijo apresurándose a la cocina.

"¿Te ibas a acostar con un hombre comprometido?" preguntó Miranda dando un sorbito a su vino.

"Sí. Lo sé. Soy una buscona. No lo puedo evitar. Se había quitado la camiseta y..."

"¿Por qué se había quitado la camiseta?" preguntó Brooke, mientras se sentaba en el borde de un taburete ante el mostrador.

Rory se lanzó a contar lo del rescate del doguillo y el baño de Sammy.

"¿Así que su novia os pilló?" preguntó Miranda.

"Algo así, pero no realmente".

"No vas a volver a hacer eso, ¿no?" preguntó Bess.

"No lo sé. Es casi imposible resistirse y sin su camiseta, y bueno... Sólo soy de carne y hueso".

"No está casado y no está muerto, así que sigue estando disponible", dijo Brooke. "Yo diría que vayas a por él. Juega tus cartas si le quieres y que gane la mejor mujer. Que eres tú, claro".

Rory levantó su vaso. "¡Si, si!" Las mujeres brindaron también.

"Al amor verdadero", dijo Bess.

"¿Estuvo bien?" preguntó Miranda.

Rory sintió el calor subiendo por su cuello mientras contestó. "Estuvo maravilloso. Fantástico. Hizo que Bruce pareciese un novato".

"¡Vaya!" dijo Brooke con un suspiro. "Me encantaría encontrar a alguien así".

"Entonces no voy a intentar hacer que no lo hagas la próxima vez. *Sé* que habrá otra vez", dijo Bess.

Albóndiga entró corriendo en la habitación perseguida por Baxter, Fred, Ginger y los dos doguillos de Miranda, Romeo y Julieta.

"La cena ya está lista", dijo Bess desde los fogones.

"Caprichitos de perro primero", dijo Miranda sacando una bolsita de su bolso de mano. Repartió un caprichito para cada perro y luego se unió a sus amigas ante la mesa.

El aroma del guiso hizo que las tripas de Rory sonaran. Una ensalada verde en un cuenco de cristal estaba a su derecha. También había bollitos de pan casero y mantequilla europea en la mesa.

"Ten cuidado, Rory", dijo Bess, pasando la olla pesada a Brooke.

"No queremos que te hagas daño", dijo también Miranda mientras se servía ensalada.

"Es demasiado tarde para tener cuidado", replicó Rory. "Seguramente ya estoy enamorada de él".

"Pero, ¿no decías que él es tan distinto a tí?" preguntó Brooke.

"Ya, lo sé. A mi también me sorprende. Sea lo que sea, tenemos química. Me gusta. Es una buena persona por debajo de esa actitud estúpida y presumida que tiene".

"Con nosotras le has maldecido, desmembrado". Bess untó un bollito con mantequilla.

"Lo sé. Eso es lo raro. Pensé que le odiaba tanto, que su atractivo no me afectaría. Y, ¡Plaff! De repente. Amor".

"¿Te da gusto? Ha pasado tanto tiempo que yo ya ni me acuerdo", suspiró Miranda.

"Tú tienes un novio".

"Si, de alguna manera. Cuéntame".

"Es fantástico. Tengo ganas de verle cada mañana. Es como pasear por las nubes". Comieron en silencio durante un rato. "No hay nadie en esta mesa que no sabe de lo que estoy hablando", dijo Rory.

"Seguramente tienes razón. Pero ninguna de nosotras estamos en una relación que es así".

"¿No estáis celosas, verdad?"

"Estoy contenta de que seas feliz. Me gustaría estar así también", dijo Miranda.

"Yo también", añadió Brooke

"Lo estaréis. Este grupo de mujeres maravillosas... No me puedo creer que haya hombres fantásticos que no nos hayan descubierto a todas todavía", dijo Rory.

"Claro, Bess tiene a su poli".

"Nuestro día llegará", dijo Miranda.

"Entonces, ¿qué vino va mejor con esto?" preguntó Bess cambiando de tema.

Las mujeres hicieron una cata de vinos y concluyeron que cualquiera de los dos estaba bien. El postre era helado de melocotón. Los perros jugaron a cazarse mientras las mujeres recogían la mesa. Luego era hora de irse a casa.

"Suerte, Rory. No te olvides de los detalles la próxima vez", dijo Brooke con una sonrisa pícara.

"¡Como que eso va a suceder!" rió Rory. Mientras ella y Baxter paseaban camino a casa por la calle, ella pensó en sus amigas. *Sería tan estupendo que ellas estuvieran enamoradas también. ¿Estoy enamorada? Supongo que sí. Maldita sea. Esto es complicado.*

Capítulo Seis

Después de la cena con sus amigas, Rory decidió intentar olvidarse de Hack. *Tengo que volver a odiarle, o se me va a partir el corazón.*

Se levantó temprano a la mañana siguiente y se entretuvo cocinando. El tiempo se había puesto fresco. Cerró las ventanas de su apartamento y decidió que sólo una gran olla de sopa de pollo podría caldear su alma y el pequeño espacio que era su hogar. Se abrigó frente al viento gélido y se dirigió a la tienda de comestibles.

Impedida por su escayola, tardó el doble de tiempo en preparar todos los ingredientes. Después de terminar los preparativos, la olla grande descansaba en el fuego bajo cocinándose. Un aroma delicioso embargaba la estancia.

Cuando sonó el telefonillo a las diez y era Hack, ella estaba lista para un descanso. Sus músculos se tensaron mientras ella hacía un esfuerzo por controlar sus emociones. *¿Cómo es que me gusta? Es un hombre egoísta, presumido y con aires de superioridad. Un hombre que me atropelló. ¡Casi me arruina la vida! Pero esos ojos. La manera que tiene de mirarme. Su cuerpo, su olor....* El timbre de la puerta interrumpió sus pensamientos. Él la saludó cortésmente y ella contestó igual de cortés.

"¿Qué es eso que huele?"

"Sopa de pollo".

"¿Estás preparando sopa de pollo? ¿De cero?"

"¿Hay alguna otra manera?"

"¿Abrir una lata?"

"Para ser un niño rico, te dieron poco". Sonó el teléfono. Rory se secó la mano en el delantal y tomó el celular. Era su madre.

"Hola, Mamá ¿Qué pasa?"

"No he sabido nada de tí en bastante tiempo. Llamo para saber que estás bien".

"Estoy bien. Me partí un brazo, pero el tipo que lo hizo me está ayudando a escribir mi libro".

"¿Tienes un hombre extraño en tu apartamento?"

"No es extraño. Bueno, no exactamente. El juzgado le obligó". Hack se dio la vuelta mirando fijamente. Rory sonrió e hizo un gesto con el hombro.

"¿Tienes una escayola en el brazo?"

"Si. No es nada grave. Sigo escribiendo".

"Espero que no estés sacando novelas de romance basura de ésas".

Rory entornó los ojos. "Estoy escribiendo novelas de misterio, tal como tú me dijiste".

"Bien. Unas cuantas señoras de por aquí leyeron tus otros relatos. ¡Me avergoncé tanto! Aurora, que todo sea decente".

"Si, mamá". Rory dió golpecitos con el pie.

"¿Trabajando duro?"

"Como siempre". Rory se cambió de postura.

"Entonces, ya no te molesto más. Cuídate. Adiós". La línea se cortó. *Menos mal que eso ya se ha terminado.*

"¿Tu madre?" preguntó Hack.

"¿Cómo lo has adivinado? ¿Me han delatado respuestas monosilábicas?"

"No era broma cuando dijiste que no estáis cercanas".

"Estamos lo mismo de cerca que un conejo de una boa".

"Qué pena".

"Ella está en Florida, ¿recuerdas? Demasiado lejos para ser un factor en mi vida de todas formas. Una cosa buena".

"Mi madre tiene Alzheimer. Estábamos muy cercanos. Ahora ella va y viene, mentalmente. Es duro".

"Lo siento". Ella colocó su mano en el brazo de él.

Hack miró por la ventana fijamente durante un momento. "Estamos perdiendo el tiempo. ¿Por dónde empezamos hoy?" preguntó él, abriendo el documento en *Word*.

Apuesto a que es demasiado doloroso para él hablar de su madre. Se pusieron a trabajar rápidamente. Rory se concentró en su historia y en remover la olla en el fuego. Su actitud seria funcionó exceptuando los momentos en los cuales recordaba lo que se sentía al estar entre los brazos del Dr. Hack Roberts.

La piel le ardía al recordar el contacto con él. El deseo de acariciar el vello en su pecho le hizo sentir que las puntas de los dedos le ardían. Cambió de postura, dió pasitos, golpecitos con la punta del pie, pero nada podía eliminar las excitantes imágenes de un Hack medio desnudo con sus brazos rodeándola y sus labios en los de ella.

"¿Estás seguro de que Harry dice eso? ¿No debería ser Lavinia?"

¡Vaya! Ni siquiera puedo mantener el hilo de mis personajes con él en la habitación.

"Tienes razón. Borra eso". El aroma del pollo guisado hacía que sus tripas sonasen. Se acercó a la olla y removió de nuevo.

"Eso huele fantásticamente bien", dijo él.

"¿Has traido comida?"

"Pensé en hacerme un pedido por teléfono", dijo él.

Ella probó la sopa caliente y sonrió. "Borra eso, también. La sopa está lista, puedes comer eso para almorzar. Si quieres".

"¿Si quiero? ¿Estás de broma? Llevo horas oliendo esa comida. Me muero de hambre".

"Comamos". Rory bajó dos cuencos grandes y un par de platos. Hack colocó las cosas en la mesa mientras ella sirvió dos raciones. El caldo rico estaba lleno de cachos de pollo, zanahorias naranja, pedazos de apio, cebolla y mucha pasta. Él llevó los platos a la mesa.

Rory metió la mano en una bolsa de plástico en el mostrador. Sacó un pan fresco de centeno recubierto de semillas de alcarabia. Con un cuchillo de pan cortó un pedazo. Cuando fue a cortar otro pedazo se equivocó y se cortó un dedo. Dió un grito y soltó el cuchillo que cayó al suelo sorprendiendo a Hack.

"¿Te has cortado?" Ella afirmó con la cabeza, agarrándose el pulgar con desesperación.

Hack tomó su mano en la suya y le abrió los dedos entorno a la herida sangrante. La examinó.

"No parece profunda. Dudo que te tengan que poner puntos." Colocó la mano de ella bajo el agua fría del grifo de la cocina. Rory hizo una mueca de dolor. Él le apretó un hombro. "¿Tienes un botiquín?"

"En el baño".

Con una toalla de papel, Hack suavemente le secó la mano y la alzó por encima de su cabeza. "Mantén la mano aquí arriba".

Volvió en un par de minutos. El dolor punzante le recorría el cuerpo y ella daba saltitos de dolor para aguantar. *Es un médico aunque sólo sea para animales.*

Hack aplicó crema antibiótica y varias tiritas rápidamente. Luego se llevó la mano de ella a sus labios un instante antes de soltarla.

La mirada de Rory se encontró con la de ella un momento antes de bajar. "¿Aprendiste eso en la escuela de veterinaria?"

"¿El beso? Qué va, eso es un secreto de mi madre. Cura las heridas siempre". Él sonrió. "Eso será suficiente. Cambia el vendaje antes de acostarte y cuando te levantes por la mañana. Yo termino de cortar el pan."

"¡La sopa!" Los ojos de Rory se agrandaron. "¡Maldición!"

Hack cortó otra rebanada de pan, puso ambas rebanadas en un plato y los trajo a la mesa. Se sentó y probó un sorbito. "Hmm. Delicioso y justo la temperatura correcta. Necesitabamos esos momentos para que se enfriara."

Rory intentó comer con una mano vendada y otra en la escayola.

"¿Te echo una mano?" Ella negó con la cabeza. "Despacio. No hay prisa", dijo él. "Esta es la mejor sopa de pollo que he comido en toda mi vida".

Rory sonrió y sintió un leve calor en las mejillas. *Le gusta. El camino al corazón de un hombre. No me tiene que importar su corazón. Eso es problema de la Señorita Habichuela Verde.*

"El dolor tiene que haber bajado ya".

"Sólo una punzadita", dijo ella mientras usaba la cuchara para tomar un pedazo de pollo y zanahoria.

"Bien. Descansa. Yo pasearé a Baxter antes de marcharme."

"¿Podemos acabar la escena de Lavinia?"

"Sí, claro". Hack se metió otra cucharada deliciosa en la boca y cerró los ojos. "Esto está increiblemente bueno".

"¿La Señorita Horquilla del Pelo cocina algo alguna vez?"

Hack rió levemente. "Puede abrir una lata".

"Entonces, ¿mejor la llamo Señorita Abrelatas?" Eso le hizo romper a reir a carcajadas. Ella rió con él, el dolor en su mano se fue disipando a medida que comía.

Cuando acabaron, Hack fregó los platos, secando y guardando. Cuando se sentó ante el ordenador, sonó la alarma de su reloj. Él la apagó y se volvió a Rory. "¿Te leo el último párrafo?"

No se está marchando y su tiempo ya se ha acabado. El corazón de ella se hinchó. Ella afirmó con la cabeza, demasiado emocionada por su bondad. Exceptuando Shirley y Hal, la gente no solía hacerle favores. Rory aclaró la garganta, bebió agua y empezó a dictar. No quería aprovecharse así que abrevió la escena.

Hack se puso en pie. "¿Dónde está su correa?" Rory encontró el arnés y la correa de Baxtery y se los entregó a Hack. Él le colocó las cosas al perro, agarró una bolsa de plástico del mostrador más las llaves de ella y se fue a la calle.

Rory se estiró en el sofa, cansada de repente. Controlar estrictamente su libido con Hack allí en combinación con el accidente del cuchillo le había agotado.

Parpadeó levemente cuando se abrió la puerta. Pero estaba demasiado cansada como para moverse. Baxter saltó al sofa y se acurrucó en sus rodillas. Mientras se le cerraban los ojos, sintió una manta a su alrededor y una mano que le acariciaba el pelo. Lo último que escuchó fue el click del cerrojo antes de quedarse dormida.

A lo largo de la siguiente semana, a Hack se le olvidó su almuerzo a menudo, esperando que Rory planease algo delicioso y que hubiera hecho cantidad para dos. Se sintió recompensado. Los días más frescos le inspiraron a preparar chile y luego sopa de habichuelas negras con salchichas.

Hack se levantaba temprano. A las ocho llegaba a la clínica todos los días, se ocupaba del papeleo del día, trataba algunos pacientes de primera hora y luego a las diez en punto estaba en casa de Rory. Silbaba mientras iba caminando ligero en el aire frío camino a la casa de ella. Su mente iba entre la tentación de sus pechos y sus guisos. La boca se le hacía agua al pensar en ambas cosas.

El apartamento que le había parecido tan claustrofóbico al principio, se había vuelto acogedor, al contrario que su apartamento de dos habitaciones en El Royal en Central Park Oeste. Ansiaba subir los tres pisos hasta llegar a su planta y oliendo el aire para captar el delicioso olor de sus guisos y el de su perfume de lilas.

Desde aquel día del revolcón en el suelo, se habían dejado de insultar. Rory había seguido llamando a Felicia cosas raras, que le hacía gracia a Hack por su creatividad. *¿Está celosa de Felicia?* *¿Quiere decir que le gusto yo?* Ese revolcón significaba que ella sentia que él le gustaba, aunque ella no había dado señales de querer hacer que esa chispa saltase de nuevo.

Su nueva tranquilidad juntos hizo que Hack se sintiera cómodo con Rory. *¿Me estoy enamorando? ¿Somos amigos?* La idea de amar a Rory le inquietó. Después de todo, se suponía que estaba comprometido con Felicia, aunque no había nada sexual entre ellos.

¿Cómo podría explicarle a Rory que su relación con Felicia era falsa? *Se enfadaría si supiera que le he estado mintiendo todo el tiempo. ¿Mantenerla a distancia? Ahora ya no quiero hacer eso. ¿Cómo me libro de esto?* El noviazgo conveniente se había convertido en un corsé que le apretaba.

Felicia se acercó más a él, intentando seducirle. *¿Por qué? No soy su tipo.* Estaba pillado enmedio, un dilema que le acechaba cada día. *Si pudiera librarme de Felicia, podría dar un paso hacia Rory. Pero ¿y mamá? ¿Lo podría aguantar?*

Tenía bastantes preguntas, pero ninguna respuesta. En situaciones como ésta, a veces consultaba con sus hermanos, pero los dos estaban de viaje. Así que decidió irse a tomar una copa con su padre después del trabajo en el Yale Club.

Saber que iba a tener consejos sabios le alivió. Siguió silbando mientras subía los peldaños de la entrada del edificio y pulsó el timbre del telefonillo del apartamento de Rory. Mientras subía, el sonido de una melodía conocida le llegó a los oidos. *Las Cuatro Estaciones de Vivaldi. A ver... ¿Qué estación es esta? ¡Otoño!*

Siguió adelante, tarareando con los violines que sonaban más alto a medida que él subía, oliendo un aroma de algo delicioso. Sus sentidos estaban siendo bombardeados. Se le erizaba el vello de la piel sabiendo que la vería, incluso quizás tocarla, quizás un apretón en un hombro, o retirarle el cabello de la cara, con un poco de suerte.

Cuando ella abrió la puerta, la música sonó mucho más alto. *Le gusta la música clásica. A Felicia sólo le gusta el rock.* Dió un paso hacia adentro. "Vivaldi. Otoño".

"¡Muy bien! Y, ¿A qué huele?"

Él sacudió la cabeza. "No es nada que haya olido antes, pero huele muy rico".

"Es una nueva cazuela de verduras. Le eché un poco de salchichas también".

"Estoy deseando probarlo". Hack se quitó la chaqueta y la dejó encima del sofá despertando a Baxter que le ladró. Él se dejó caer al sofá al lado del perro y le rascó tras las orejas. El perro se calmó enseguida, con los ojos entreabiertos. Si hubiera sido un gato, habría ronroneado. "Baxter tiene buena pinta".

"Le he podido sacar un poco".

"¿Te estás acostumbrando a la escayola?"

"Creo que sí".

"Te lo quitarán dentro de nada". La mirada de Hack repasó a Rory. Ella vestía un jersey largo rojo que hacía destacar sus pechos atractivos y llevaba mallas negras. Sus ojos recorrieron la silueta de su trasero y sus piernas, perfectamente visibles en los pantalones apretados. Sintió algo en la ingle. *¡Está casi desnuda!* Deseaba tocarla por todas partes, pero aclaró la garganta y obligó a sus ojos a mirar la pantalla del ordenador.

Cuando pararon para comer, Hack estiró sus largas piernas y se desplazó un poco por el apartamento, deteniéndose ante un estante de la biblioteca. Se fijó en una figurita de bronce en forma de perrito doguillo y lo tomó en la mano.

"Eso me lo regalaron en una cosa de ésas de 'amigo secreto' en Navidad en la iglesia de la acera de enfrente".

"¿Oh?" Él enarcó las cejas.

"Si, Shirley y Hal me hicieron ir".

"¿De veras?"

"Fue mi regalo de Navidad del año pasado".

"¿El único regalo? ¿Y tu madre?"

"Ella no tiene mucho dinero. Los sellos por sí solos serían más de lo que pudiera pagar".

¿Nada? No me puedo imaginar no recibir nada de mi familia. El pecho de Hack se encogió. Sintió una emoción en la garganta cuando visualizó la montañita de regalos que él había recibido de su familia y sus amigos y luego lo comparó con esta única figurita pequeña para Rory.

"¿No tienes hermanos?"

"Dejamos de hacernos regalos hace mucho tiempo".

Rory recogió la figurita de sus manos grandes y se lo acercó al cuerpo. Acarició el metal frío. "Teníamos que apuntar un hobby en el impreso del ′amigo invisible′. Yo puse doguillos. Así que la persona que me hizo el regalo eligió esto. Me encanta. Le he puesto un nombre "′Abrazos′."

Conmovido por sus palabras, le rodeó los hombros con un brazo. Ella descansó la cabeza en él durante un momento, luego se retiró. *Ella encaja.*

"Estoy bien. Las cosas no significan mucho para mí. Esto si porque demuestra que un extraño se fijó, se salió de su camino para conseguir algo perfecto para mí. Eso no es muy frecuente".

"¿Qué te hace pensar que es una mujer?"

"Las mujeres suelen tener detalles así más a menudo que los hombres".

"¡No estoy de acuerdo! Los hombres también tienen muchas consideraciones. La mayoría de los tipos que yo conozco se vuelven locos buscando el regalo perfecto para sus chicas".

"Vaya. Nunca me ha pasado eso". Ella movió los hombros y colocó el regalo en su sitio en la estantería.

Si te ha pasado. Pero no lo sabes. "¿Le envías algo a tu madre?"

"Si, lo hago. Nada grande. No puedo permitirme nada grande. Pero se pondría muy triste si no recibiese alguna cosa de mí. Mayormente tejo mis regalos. Me encanta hacer mantas. Lo hago mientras veo la tele. Compro lana en rebajas".

"¿Qué regalaste tú en lo del amigo invisible?"

"Una pequeña manta de croché. Mi persona del amigo invisible era una persona recluida que mira mucha televisión".

¿Va a estar sola estas Navidades? Mi sentencia se habrá acabado. No tendré excusa para venir aquí. Vaya. Después de comer hasta hartarse, Hack se deshizo en elogios por la cazuela de Rory y luego se dedicaron a trabajar durante dos horas. Él volvió a la clínica para ponerse al día con unos cuantos pacientes durante unas horas antes de reunirse con su padre. Intentó no pensar en Rory y Felicia, pero no lo podía evitar. Iba de una a otra pero no daba con ninguna solución.

El Yale Club, cerca de la estación Grand Central, era un gran edificio antiguo. De tamaño mediano, poco imponente y discreto, apenas se notaba pero Hack había estado allí muchas veces con su padre. Tenía un precioso comedor.

Los hombres se arrellanaron en sus sillones con sus ginebras con tónica mientras Montgomery Roberts o "Monty" como le llamaban sus amigos y parientes, apuntaban sus pedidos para los aperitivos en la nota. La camarera sonrió y se fue para traerles sus tentempiés.

"Bueno, hijo, ¿cómo te va?" Monty bebió un sorbo de su bebida.

"Bien, Papá".

"Sigues pagando esa descarada que te llevó al tribunal".

"No es una descarada." Su padre enarcó una ceja. "¿Te la estás trabajando a ella también, eh?"

Hack sentía la sangre subirse por el cuello. Nunca había hablado de sexo con su padre, pero ahora que tenía más de treinta años, su padre se había relajado un poco, compartiendo chistes verdes y algún comentario sobre el tipo o el trasero de una mujer atractiva. Hack se había fijado en que tener una esposa discapacitada que era incapaz de censurarle, le daba a Monty la libertad de ser inapropiado de vez en cuando.

"No exactamente".

"¿No exactamente? ¿Entonces, qué exactamente?"

"Para eso necesito tu ayuda".

"Adelante".

Hack explicó su problema—comprometido con una mujer con la que nunca se casaría y enamorado de una mujer que no le amaba.

"Vaya. No es un problema menor, Hack. ¿Qué intención tienes?"

"Vengo a verte a tí para pedirte consejo. Por eso estoy aquí, Papá. Necesito ayuda".

"Demonios, no sé qué puedo hacer".

"¿Crees que Mamá lo iba a tomar muy mal si rompo con Felicia?"

Esta vez su padre era el que se empezaba a poner rojo. "Maldita sea, que si. Está en un equilibrio delicado. Llegan las vacaciones. No alteres las cosas. Acuéstate con esta chica todo lo que quieras, pero deja las cosas tal y como están".

"No me estoy acostando con ella".

"Quizás deberías hacerlo. Sácartela de dentro. No es de la misma condición que Felicia. Seguramente no encajaríais".

Hack sintió coraje. "Las cosas no son así. Nunca podría olvidarla. Me da igual su condición social".

"¿Cómo lo vas a saber hasta que lo pruebes? Acuéstate con ella. Ya verás cómo se evapora la atracción".

"Esta mascarada ha sido una idea mala. Felicia se está empezando a creer cosas".

"¿Te acuestas con ella también?"

Un sentimiento de frustración tiñó la cara de Hack otra vez. "¡No! ¡No me estoy acostando con nadie!"

"Quizás eso sea el problema. Consiguete alguien. Alivia la tension".

El hombre joven se puso en pie. Llegó la camarera con un plato de nachos y otro de pieles de patata con crema agria y bacon. Los colocó y se fue. "Esto ha sido una idea no muy buena. Pensé que ibas a entender. Una vez estuviste enamorado de mi madre, o al menos eso pensaba yo".

Monty agarró el brazo de su hijo. "Siéntate. Hijo. Siéntate".
Hack se sentó incómodo y bebió un trago grande de su bebida.

"Sigo amando a tu madre. Por eso estoy animando este
noviazgo estúpido y falso. Tienes razón. Nunca debimos empezar
con esto. Debimos cortarlo de cuajo desde el principio. Claro que
podrías hacer algo peor que casarte con Felicia..."

"No la amo. No es para nada lo que yo quiero".

"Vale, vale. No quiero metértela por el gaznate. Es porque
quiero a tu madre la razón de que quiero que sigas con esto".

"¿O porque amas más todavía la paz en casa?"

"Claro, es mejor todo cuando tu madre está tranquila. Si, para
mí y para ella. ¿Si soy egoísta? Quizás. No es sencillo ver alguien
tan lista y maravillosa como ella, ir lentamente deshaciendose. Es
doloroso, muy doloroso".

Los hombres se tomaron un aperitivo. Se miraron el uno al
otro mientras masticaban en silencio.

"Lo siento, Papá," dijo Hack después de tragar su bocado.

"Está bien, hijo. Tienes un problema. Si es tu felicidad futura,
yo te diría que te fueras a por la que amas. Encontraremos una
manera de decírselo a tu madre. No puedo pedirte que estés mal y
quizás pierdas la mujer que quieres".

La pesadumbre en su corazón se levantó. "Gracias, Papá".

"Por favor, dáme un poco de tiempo. No sé lo que tu madre
recuerda, así que déjame sondearla un poco. Haremos un plan.
Defraudarla con cuidado, poco a poco".

"¿Quién sabe? A lo mejor le gusta más Rory".

"¿Estás seguro de que esta chica está preparada para tratar con
tu madre? ¿Está comprometida contigo?"

"No le he hecho ninguna propuesta todavía porque Felicia
está de por medio. Pero cuando esa situación se haya superado,
bueno... pues veré".

"Vamos a dejar a Mamá fuera de esto hasta que sepas seguro
que a esta mujer le gustas tanto como ella te gusta a ti".

"Vale. Muy bien".

"¿Cómo están los nachos?"

"¡Geniales! ¿Los pellejos?"

"Excelentes".

Los hombres se cambiaron los platos y siguieron comiendo. Monty pidió otra ronda y sonrieron como si hubiesen solucionado todos los problemas del mundo.

No fue hasta la mañana siguiente que Hack se dió cuenta que lo que él pensó que era una solución era un doble sentido de su padre. No estaba más cerca de la solución. *No le digas nada a Mamá hasta que tengas a Rory en tu lado, pero no puedes ir a por ella hasta que Felicia esté fuera de la escena. Pero no visites a Mamá sin Felicia.* Y la noria daba vueltas y vueltas.

De repente llegó el día de Acción de Gracias. En nada era Halloween y luego estaban los trabajadores hinchando los globos para la Parada de Acción de Gracias de Macy's. Las calles entorno al apartamento de Rory estaban llenas de familias que habían venido para ver las figuras conocidas ser infladas la noche antes de Acción de Gracias. Como ardillas, iban de un lado para otro buscando un sitio en la acera y ver a Spiderman inflarse.

Shirley y Hal invitaron a Rory para la gran cena. Ella estaba preparando una tarta de calabaza especial y su cazuela de verduras. Puso música navideña en la radio mientras preparaba los platos. Permitirse tiempo extra para hacer las cosas a causa de su escayola, se había convertido en costumbre para Rory. Pronto se la quitarían y ella haría fisioterapia. Rory estaba deseando volver a su vida normal.

¿Y qué pasaría con Hack? Cuando se acabe la sentencia, nunca le volveré a ver. La tristeza la inundó. Se había acostumbrado a tenerle allí. La idea de días sin él la deprimía. Decidió no pensar en eso y siguió con sus tareas. El telefonillo sonó como siempre. *Día antes de Acción de Gracias. Pensé que no iba a venir.*

Ella le abrió el portal. Él abrió la puerta y le hizo un regalo de un pequeño ramillete de flores otoñales. Los colores amarillos, naranja profundo y blanco le animaron.

"¿Para mí? ¿Por qué?"

"No hay razón. Estaban allí afuera tan bonitas y me recordaron a ti." Al decir las palabras, se sonrojó.

Rory se inclinó hacia arriba y le dio un beso en la mejilla. "Son preciosas. Déjame buscar algo donde meterlas".

"Te ayudo." Hack estiró un brazo hacia el estante de arriba y tomó un pequeño florero.

"¿Vas a tener una gran fiesta con tu familia?" preguntó ella mientras colocaba y regaba a las flores.

"Si. Mis hermanos, dos cuñadas, mi primo Penn, padres. Suficiente gente".

"¿Y la Señorita Palillo de Dientes?"

"Oh, si. Casi se me olvidaba".

¿Olvidarte? A lo mejor no me gustaría ser su novia. Pero quizás sería diferente conmigo.

"Seguro que tenéis una mesa bien grande".

"Tenemos un comedor formal. Mis padres tienen un apartamento de ocho habitaciones".

"¡Ocho habitaciones! ¡Vaya! Nadie tiene tanto espacio. Con razón te volviste loco en mi casa".

"No me volví loco. El mío sólo tiene dos dormitorios".

"Una tonelada de sitio en comparación con esto".

"Eres sólo una persona. Funciona", dijo Hack sentándose ante el ordenador.

"No pensé que ibas a venir hoy, así que no he preparado nada. No tienes por qué quedarte". *Guarda las distancias.*

"Ya que he venido, ¿por qué no te ayudo con lo que estás cocinando? ¿Qué estas cocinando?"

"El guiso ese de verduras. Me voy a casa de Shirley y Hal para la cena de Acción de Gracias".

"Me alegro de que no vas a estar sola".

Ella le sonrió. *Me pregunto cómo sería ser tu chica en tu gran cena familiar. Bastante agradable, me supongo.* Casi podía oler un enorme pavo en el horno. "Gracias. Son buenos conmigo. Mejor que estar sola".

Hack tomó el cuchillo de la mano de Rory. "Déjame cortar las verduras".

"Vale, si. La última vez no lo hice tan bien".

Él rió. "¿Cómo va eso?"

Ella le enseñó el pulgar. "Ya no tengo vendaje".

Hack dejó de hacer lo que estaba haciendo y tomó su mano en la suya. El toque de sus dedos cálidos y secos le hizo sentir un pequeño pellizco en el brazo. Él inspeccionó la pequeña cicatriz roja. "Tiene buena pinta". Se colocó el pulgar de ella ante sus labios.

"Habra sido tu beso mágico lo que lo sanó tan rápido", susurró ella, tomando la barbilla de él en la mano.

Hack miró los ojos de ella. El calor de su mirada derritió la frialdad entre ellos. Se acercó a ella, y como por arte de magia, ella estaba entre sus brazos otra vez.

Sus labios eran suaves al principio. Los dedos de ella se cerraron en el músculo de su brazo, acercándole a ella. El dulce beso se volvió ardiente en un instante. Su lengua presionaba en los labios de ella y ella abrió la boca para él. Él apretó con la mano, aplastándola contra él.

El ardor de su passion derretió su ténue resistencia. Rory dejó de pensar y dejó que sus sentidos mandasen en ella. El sabor de él, su olor la volvía loca. Le deseaba. Su pecho duro apretó contra sus pechos haciendo que los pezones se pusieran duros. El deseo creció en ella y ella sentía ansia por que él la tocara.

Él alzó la cabeza. La respiración jadeante hacía imposible hablar. Rory abrió los dedos en la parte de atrás del cuello de él atrayéndole hacia ella otra vez. Con una voz jadeante ella dijo "más". Hack bajó la boca, envolviendo su cintura con un brazo. Rory presionó sus caderas contra las de él.

Control, pensamiento racional y frenos emocionales salieron despedidos por la ventana. Rory y Hack se agarraron el uno a la otra como si iba a ser la última vez que iban a estar juntos. Un fuego se encendió entre ellos. Hack agarró el dobladillo de su jersey y se lo subió por encima de la cabeza. Ella empujó su camisa hasta sus hombros. Él le quitó el cierre a su sujetador. Ella le quitó el cinturón.

La ropa de los dos salió volando por todas partes. Un cinturón salió de un pantalón, mallas desaparecieron en un instante. El calor entre los dos era como una hoguera, llenando la habitación de calor. En un minuto, Rory y Hack estaban desnudos, piel contra piel tumbados en el sofá. El cuerpo de Hack la hundió en los cojines mientras sus manos y sus labios parecían estar en todas partes a la vez. Rory hundió las puntas de sus dedos en sus músculos, deslizando la mano hasta su pecho y más abajo.

Ella rodeó con la mano su erección, la más dura que había tocado en toda su vida. Él gimió cuando ella le acarició. "Te deseo, oh, Dios, te quiero", susurró él con la voz rota.

"Hazlo, hazlo," le dijo ella en un aliento en el oido, arqueándose contra él. El cerró una mano entorno a un pecho, hundiendo la cabeza para devorarla mientras movía la otra mano para explorar entre sus muslos. Rory gimió en voz alta, cerrando los ojos mientras la necesidad le recorría como un tren descarrilado.

Su mirada se encontró con la de ella. "¿Protegida?"

Ella movió la cabeza. "La píldora. Dáte prisa".

"Bella", murmuró él, mirando fijamente sus pechos desnudos antes de separar sus piernas un poco más. Rory meneó las caderas y luego las alzó para encontrarse con las de él, atrapando su erección entre ellas. Cada toque de sus dedos era como un toque de fuego, abrasándola. Sintiendo sus músculos, sus manos subían y bajaban por los costados de él suavemente. "Si no... Voy a..." dijo ella. Su boca cortó las palabras de ella. Luego se puso de rodillas y antes de que ella pudiera decir una sola palabra, él estaba hundido muy dentro de ella.

"Oh. ¡Dios mío!" las caderas de Rory subieron. El calor creció dentro de ella, anudándose, listo para saltar en cualquier segundo. "¡Si!" Gritó ella mientras un orgasmo recorrió su cuerpo. Fuegos artificiales explotaron en su cerebro y en su ingle. Sus caderas se ondulaban mientras la liberación se disparaba en sus miembros. Abrió los ojos para encontrarse con Hack mirándola fijamente.

"Vaya", dijo él. Ella sintió un calor en el rostro. Él acceleró el ritmo, penetrándola, gimiendo y gruñendo con cada movimiento.

"Tu turno", susurró ella.

"Si, si". Hack subió su rodilla más alto y empujó más hondo.

"Tan bien, dios, tan bien", dijo Rory, el calor penetrando en cada rincón de su cuerpo.

Él la cabalgó, aumentando la velocidad a medida que apareció sudor en su frente. Cerró los ojos y parecía estar en una zona. Sus empujes eran rápidos, duros y regulares.

Ella le agarró por los hombros. La excitación se apoderó de ella, moviéndola en tándem con él. Sus ojos se abrieron de nuevo y él la sonrió a ella. Ella tocó su mejilla sin afeitar, su pulgar descansando un segundo en su labio inferior. *Dios, amo este hombre. Le quiero. ¡Maldita sea!*

Las emociones se mezclaron con la química, enviándola por encima del abismo instantes antes de que él llegara al clímax. La satifacción de tener lo que había ansiado llenó sus venas. La realidad era mucho más que sus sueños de hacerle el amor a Hack.

Él descansó en los brazos de ella, piel resbaladiza contra piel resbaladiza. Él jugueteó con las puntas de su cabello mientras depositaba pequeños besitos en su cuello. Exausta, Rory apretó su abrazo con su último gramo de fuerza, como si eso le pudiera mantener con él.

"Eres una mujer fantástica, Aurora Sampson", dijo él.

"Wow, Hack. Wow".

"¿Bien?" Frunción el cejo.

"¿No me digas que tienes inseguridades?"

"No he recibido quejas". Se sonrojó él.

"¿Cómo se siente la Señorita Astilla? Me imagino que la haces gritar tu nombre cada noche".

Su rostro cambió. La mirada amorosa desapareció tras una mascara. "No hables de ella".

"Lo siento. No tenía que... es mi... mi.. sentido raro del humor".

" No es eso... es que esto es entre nosotros".

La sonrisa de Rory se desvaneció. *Sólo nosotros. Si. Tu le pertences a ella. Ahora ya le has sido infiel. Ni siquiera te has casado y yo soy la otra mujer. ¿Qué he hecho?* "¿Por qué te vas a casar con ella, si no te importa contármelo?"

"Es algo complicado". Él se empujó con los brazos, desconectándose de ella y se bajó.

"Esa no es ninguna respuesta".

"Eso es todo lo que tengo ahora mismo".

"Te quieres acostar conmigo pero te vas a casar con ella, ¿es eso?"

"No es así de simple. Ella está vinculada a mi familia y cosas".

"No voy a ser tu amante cuando te cases con ella".

"No te lo pediría. Eso no va a suceder".

"Bien. Porque no lo haría ni siquiera si... me lo rogases." Ella sacó la barbilla mientras se levantaba, agarró sus mallas y se las puso.

"¡Eso es estupendo, porque yo no estoy preguntando!" Hack recogió su camisa del suelo.

"Bueno. ¡No lo hagas! Entonces no tendré que pasar de tí", dijo ella con un mohin cerrando su sujetador.

"No tengo ningún problema en buscar mujeres con las que acostarme. Así que no te preocupes tú por eso". Abrochó su camisa mal y luego se la sacó y la volvió a abrochar.

"Bien. ¡No me preocuparé!" Le dijo escupiendo las palabras antes de ponerse el jersey por encima de la cabeza.

"¡Bien!" le gritó él.

"Además, no estás durmiendo con la Señorita Astilla, Palillo de Dientes, Alfiler, Tabla de Planchar, Crepe, Spaguetti, Habichuela Verde, Paja, Vela?" Rory meneó el trasero con cada nombre que usaba para nombrar a Felicia.

El enfado de Hack parecía evaporarse mientras se doblaba de risa. "Eso no deja de ser gracioso", dijo, haciendo un esfuerzo por recuperar el aliento. Rory se calmó. Él siguió vistiéndose en silencio. Al calzarse, se acercó a ella. "No estoy seguro de dónde están las cosas con Felicia. Tú eres diferente.... Especial. Me has pillado por sorpresa".

"Necesitas sorpresa en tu vida. Estás demasiado apoltronado". Ella le arregló el cuello de la camisa y tiró un poco de su solapa. "Hay que sacudirte un poco".

El sonrió. "Hoy sí que lo hiciste. Lo haces todos los días. A lo mejor tienes razón. Mi vida ha estado muy cómoda".

"Demasiado cómoda. No soy postre de nadie. Tú tienes que decidir".

"Y no debes serlo. Cualquiera de tu calidad..."

"Necesito ser la cita de los Sábados por la noche".

"Si yo estuviera libre...". Él acarició su mejilla con el pulgar mientras hablaba. Sus miradas se encontraron.

Está claro que no la ama, así que ¿para qué está con ella? "Pero no lo estás". Ella dió un paso hacia atrás.

Él ladeó la cabeza. "¿Pero, si lo fuera?"

"Pero no lo estás". *No voy a jugar el juego de "si yo estuviera libre".* Su mirada bajó a sus pies.

"Eres fantástica, Rory". Él alzó su mentón con un dedo. "Eres demasiado tentadora. He querido hacer eso durante tantísimo tiempo. No me pude reprimir".

"Gracias." Ella le sonrió. *Yo también, pero no te lo voy a decir.* "Felíz Día de Acción de Gracias" dijo ella abriendo la puerta.

Él se caló su chaqueta. "Feliz Día de Acción de Gracias a ti también". Se inclinó y le besó dulcemente en los labios.

Ella se apoyó en el dintel de la puerta mientras le veía descender lentamente los escalones. Dando un profundo suspiro, cerró la puerta y volvió al sofá. Baxter se había colocado en su sitio allí y estaba roncando. Ella se tumbó, acurrucada con su perro y cerró los ojos.

Capítulo Siete

Rory estaba muy animada ante la perspectiva de un estupendo Día de Acción de Gracias con Shirley y Hal. *Y la comida será fantástica.* Metió la olla que había preparado en el horno, se llevó a Baxter a dar un paseo y le dio de comer. Al mediodía preparó sus cosas, le puso la correa a Baxter. Se agachó ante el doguillo para hablarle.

"Baxter, ¿listo para Acción de Gracias?" Descansó la mano en una rodilla. Él la miró y meneó el rabo.

"¿Pavo, Bax?" Sonrió con un poco de picardía. El perro dio un pequeño ladrido.

"¿Relleno? No hay relleno para doguillos. Pero, ¿pavo para Baxter? ¿Rico?" El doguillo ladró dos veces y saltó encima de ella, tirándola al suelo. Rory cayó hacia atrás riendo. Baxter le lamió la cara. Ella se alzó, se limpió la mejilla con la mano, metió la cazuela bajo el brazo y colocó la tarta en una bolsa de la compra.

"Vámonos, Bax". Salió al pasillo y el doguillo salió corriendo detrás de ella.

"No, paseo no. Eso ya lo hemos hecho. Ven. Aquí". Rory se detuvo ante la puerta de la casa de Shirley y Hal. Ella golpeó la puerta con los nudillos. Baxter trotó a su lado.

El olor a pavo asado salía del apartamento tentando y provocando los sentidos de ella y el doguillo que jadeaba. *Shirley es tan organizada. Seguramente ya lo tendrá todo preparado.* Después de abrazos a todos, Shirley tomó la comida que le traía Rory. Baxter encontró su sitio favorito en la alfombra, se enroscó y momentos después ya estaba roncando.

"Hoy eligen los invitados. Tú elijes, Rory," dijo Hal al ofrecerle dos rompecabezas. Rory eligió uno de temática americana y se sentó al sofá. La televisión estaba puesta. "Ya ha terminado el desfile. Pronto empezará el fútbol. ¿A lo mejor te gustaría ver el concurso canino?". Vació el contenido de la caja encima de la mesa delante del sofá.

Secándose las manos en el delantal, Shirley salió de la cocina. "¿Tienes hambre, Rory?"

"Estoy esperando. El pavo huele delicioso. ¿Te echo una mano?"

"Gracias, pero no hace falta. Todo está hecho ya".

"No me sorprende eso. ¿Te puedes tomar un descansito?"

"Justo lo que estaba planeando hacer. He estado deseando ponerme con ese rompecabezas". Shirley desapareció en la cocina y volvió con un plato de algo delicioso y unos quiches en miniatura. Hizo un espacio para los preparativos, tomó un pedazo de rompecabezas y le dirigió una pregunta a Rory. "Así que, ¿qué tal con el veterinario cachas?"

Rory intentó contestar sin darle importancia. "Lo mismo de siempre, lo mismo...".

Shirley le dirigió una mirada a hurtadillas. "Venga ya. No me puedes engañar a mí. Vosotros dos no podéis estar allí dentro todo el día todos los días simplemente escribiendo. Soy una vieja pero no soy tan vieja". Ella rió.

De manera totalmente inesperada, Rory rompió a llorar.

"¡Mira lo que has hecho! Siempre husmeando. Shirley, discúlpate", dijo Hal alcanzando una caja de pañuelos de papel que había en la mesilla de al lado del sofá.

"Lo siento, cariño. ¿Dije algo malo?" Shirley apretó el hombro de Rory.

"No es culpa tuya, Shirley. Es que..." Y otro ataque de lágrimas la embargó.

"Respira hondo", dijo Hal.

Rory se secó los ojos y se sonó la nariz. La mirada de preocupación en los rostros de sus amigos le animó a contar su historia. "No esperaba enamorarme de él. ¿Quién lo habría pensado? Le odiaba cuando empezamos".

"Claro, niña". Shirley le dió palmaditas en la mano de Rory.

"Pero me enamoré. Y le pertenece a otra. ¡Soy la otra mujer y es terrible! Es tan falso. Odio eso, peo no quiero renunciar a él. No sé qué hacer".

"Me parece a mi que no tienes que hacer nada. La siguiente jugada es de él".

"Hal tiene razón. Tú aguanta", dijo Shirley.

"Si deja esta otra chica, sabrás que tiene un interés en serio contigo. Si no lo hace, pues entonces quizás tengas que pasar de él".

Con las pestañas todavía húmedas, Rory le miró y afirmó con la cabeza. "Tienes razón. Ahora depende de él".

"Si te rompe el corazón, me lo dices. ¡Le parto la mandibula!" Hal blandió un puño.

Rory rió un poco y le apretó el brazo. "Gracias, Hal. Espero que no haga falta hacer eso. Tu apoyo es.... Bueno... lo mejor".

"Para eso están los amigos", dijo Shirley volviendo al salón y uniéndose a ellos en el sofá.

Sonó un temporizador en la cocina. Shirley se levantó de su sitio. "Hora de rociar el pavo". Los equipos de fútbol estaban alineados para el saque de comienzo de partido.

"Tenemos tantas razones por estar agradecidos este año, ¿no?" Hal miró a su mujer brevente.

"Desde luego que sí. Nos tenemos el uno al otro, y a tí también, Rory".

La nube de preocupación de Rory se disipó. Aunque no se había resuelto nada, la camadería de sus amigos le ayudó a relajarse. Tenían razón. Ella no podía hacer nada. *Mejor me olvido de Hack. Disfrutar del día.* Una sonrisa se dibujó en su rostro.

Tomó una pieza del rompecabezas y volviéndose hacia la pantalla preguntó, "¿Quién juega y a quién animamos, Hal?"

Rory saltó de la cama el lunes por la mañana llena de energía. Hack volvería. Habían pasado días que parecían semanas y ella le había extrañado mucho. Había planeado hacer sopa de champiñones y tomarlo con queso cheddar derretido en tostadas. Gastar más de lo debido en comida le preocupaba un poco, pero no le prestó demasiada importancia. *No puedo estar siempre mirando por todo. A veces hay que dejarse llevar un poco. Le estoy diciendo a Hack que se suelte un poco. Yo también debo hacer lo mismo.*

Se duchó y se puso un conjunto sexy, un chándal de velvetón azúl celeste. La sopa hervía suavemente, enviando un aroma maravilloso por todo el apartamento. Rory se aplicó un poco más de su perfume de lilas antes de que él llegase.

Ella abrió la puerta llena de anticipación. De manera inmediata, Hack la tomó en un gran abrazo. Rory cerró los ojos, oliendo el maravilloso olor de su camisa recién planchada y su cuerpo limpio. Se había afeitado también. Una señal de que las cosas estaben empezando a cambiar. Después de un poco de cotilleo sobre sus vacaciones, Hack se acomodó en su silla listo para escribir.

Rory se estiró en el sofa con Baxter tumbado a su lado durmiendo. Ella le rascaba tras las orejas con la punta de los dedos de una mano y en la otra llevó una taza de té a los labios. Después de un sorbito, empezó a dictar. "Lavinia entró en la cocina, horroizada al encontrar un cuchillo ensangrentado en la encimera".

"Corta. Corta". Hack se llevó una mano a la cara.

"¿Qué? ¿Qué pasa?"

Él la miró largamente, abrió la boca, la cerró y la volvió a abrir. "Lo que estás escribiendo... lo llamas un misterio... es la peor porquería que he leído jamás. Es totalmente transparente. No podrías engañar a un niño de cinco años con esta trama. Seguro que alguien tan lista como tú podría hacer algo mejor".

Su taza de té vacía cayó ruidosamente al suelo. Rory le miró fijamente a la vez que su aliento se le atragantaba en la garganta. Por primera vez se vió sin palabras para contestarle. El silencio creó un muro entre ellos. Después de un minuto o dos, Rory se recuperó lo suficiente para dar una orden con un hilo de voz. "La sesión de hoy ha terminado. Te puedes ir ahora. Vuelve con Felicia. Acuéstate con ella. Lo que sea". Las lágrimas le picaban en los ojos, pero su cara era impasible.

"¿Felicia? ¿No me digas que se te han acabado los motes?" Su intento de gastar una broma cayó en vacio. El silencio pesaba entre los dos.

"Por favor, vete". Ella apenas podía respirar.

Él le puso una mano en el brazo. "Eh, mira, si me he pasado... lo siento. Quería decir..."

"Por favor. Estoy cansada". Ella retiró el brazo bruscamente y se puso en pie.

"Vale. Lo siento. Tenía que decirte la verdad". Se puso su chaqueta y se dirigió hacia los escalones. Se fue en silencio.

Al oir sus pasos descendiendo por los peldaños, ella dejó fluir las lágrimas. Con la espalda apoyada contra la puerta, se deslizó al suelo llorando. Baxter se fue hacia ella ladrando y lamiéndole la cara.

Al día siguiente se levantó pesadamente de la cama. Estaba sumida en una depresión que le hacía hacer las cosas muy lentamente. El dolor del insulto de Hack le abrasó el corazón. Se apoyó en la pared mientras rellenaba el comedero de los pájaros. Baxter saltó y se fue hacia la puerta. Un ladrido significaba que quería salir a la calle. Rory se puso un chándal, le puso la correa al perro y salió a la calle. Mientras Baxter iba olisqueando, Rory pensó en su situación.

Las palabras de él le causaban una punción dolorosa cada vez que las repensaba. "Esta porquería que llamas misterio es la peor porquería que he leido jamás".

Aún más doloroso era que ella sabía que él tenía razón, lo cual la humillaba aún más. ¿Cómo podía pedirle que escribiera para ella cuando ella sabía que lo que escribía era una pérdida de tiempo tanto para él como para ella?

De vuelta a casa, se hundió en el sofa al lado de Baxter. El perro descansó la barbilla en su pierna. Ella acarició de manera ausente al perrillo mientras se le revolvían las entrañas. Hack llegaría en cualquier momento y no sabía lo que iba a decirle. *¿Cómo puedo verle? ¿Cómo puedo pedirle que vuelva aquí ya nunca más? Y, si deja de venir...* "Rory, idiota. Estás enamorada de ese hombre insufrible".

Se mesó el cabello con una mano y se dirigió a Baxter, siempre un interlocutor empático. "¿Cómo ha pasado esto, Bax? Es presumido. Está enamorado de sí mismo y es el prometido de.... De la peor versión de una mujer que haya visto. ¡Maldita sea! Me he comprador un billete de ida a la ciudad de los rompe-corazones".

Se hizo una taza de té. Volvieron a surcar lágrimas por sus mejillas. Baxter se arrimó a ella y le lamió las lágrimas.

Rory no podía quedarse quieta. Dio pasos por la estancia, se hizo una segunda taza de té, se le olvidó tomarla, acarició a Baxter, le dio su desayuno dos veces. La conversación con Hack se estaba volviendo demasiado personal. *No reconozcas nada. ¡Nada! Está prometido. ¿Quieres tener un lío con él, sólo para verle casarse con ella? Además, si él la ama, no podría amarte a ti. Querer acostarse contigo, si. Amarte, no. Pero la verdad es que está delicioso. Un amante maravilloso.*

Dió un brinco cuando sonó el telefonillo. Rory respiró hondo varias veces, intentando controlar los latidos alocados de su corazón. *Fria. Calmada. Distante. Si, eso. Buena suerte con eso.*

A unas cuantas cuadras en su clínica, las axilas de Hack estaban sudando. *¿Cómo puedo volver allí? La he insultado, le he hecho daño, mucho daño. No como los pequeños dardos a Felicia. ¿No has visto su cara, idiota? ¡Está mortalmente herida! Y ahora tienes que volver, o ir a la cárcel. Volver puede ser peor que ir a la cárcel. Es tan vulnerable, ¿cómo has podido hacerle eso?*

"Explicaré... lo que realmente quería decir".

La puerta se abrió. "¿Hablando solo?" Felicia entró.

"Quizás".

"Desde que escribes para esa chupasangre...".

"No es una chupasangre".

"¡Oh!" Felicia vió un ramillete de rosas de color albaricoque en el mostrador. ¿Para mí? Después de faltar a la cena anoche, yo...".

"No son para tí".

"¿Qué?"

Él recogió el ramillete y se dirigió hacia la puerta.

"¿Son para ella?" Felicia le espetó.

"Tengo que disculparme".

"¿Has intentado abordarla?"

"Hasta luego". Salió a la calle antes de que Felicia pudiera decir una palabra más. *No puedo dejar que Felicia sepa nada.* Siguió andando más lentamente. *Un hombre camino a la cámara de gas no corre para llegar allí, ¿verdad?* Tragó, respiró hondo varias veces, pero nada le servía de ayuda. Tenía los nervios a flor de piel y estaba sudando. Una espina de las rosas se le clavó en un dedo así que cambió de mano. Intentó silbar, pero tenía la boca demasiado seca.

Finalmente apareció el bloque donde vivía ella. Sacudió los brazos, relajando los músculos y cuadró los hombros. *Pórtate como un hombre. Recibe tu castigo.* Pulsó el telefonillo del apartamento de Rory. *¿Y si no me deja entrar?* El zumbido de respuesta llegó rápidamente, su decisión se desvaneció. Subió los escalones como si fuese camino a un paredón de tiro. *Su lengua es afilada como un sable.*

Cuando Rory abrió la puerta, Hack sacó las rosas de detrás de sus espaldas. "Lo siento. No quería herirte. Todo salió mal".

La cara de ella se iluminó al tomar las flores que él le ofrecía. "Gracias. Mi color favorito de rosas. ¿Cómo lo sabías? Son preciosas".

"Tuve suerte adivinando". *Bellas como tú.* Titubeó en el umbral de la puerta.

"Entra, entra". Ella tiró de su mano.

La camiseta y los vaqueros viejos de Hack habían sido cambiados por pantalones color khaki perfectamente planchados y una camisa azul recién planchada abierta al cuello. Su rostro sin afeitar tenía el vello justo. Y llevaba un poco de colonia.

Rory le miró de arriba abajo. "¿Una cita después de terminar aquí?"

"No". Él ajustó el cuello de su camisa.

"¿Te has arreglado para mí?"

Él sintió como se le subía la sangre a la cara.

"¿No pensabas que me iba a dar cuenta?"

"Sólo vestir mejor. Si estoy comprometido con una diseñadora de moda, debo vestir mejor, ¿no?"

"¿La Señorita Palito de Pan te ha dicho eso?" dijo con ira teñiéndole el tono de voz.

Él sacudió la cabeza. "Sobre lo de ayer...".

Ella borró el aire con la mano. "Olvidado".

"Déjame que te explique." Él tiró de ella para sentarla en el sofá. "Lo que quería decir es... Tus historias son sobre el amor, no el asesinato. Los romances en tu libro son calientes y verosímiles".

"Lo sé, pero...".

"Déjame terminar. Tu escritura es buena, pero... bueno... tú eres una persona que sabe mucho sobre el amor. Dicen, escribe sobre lo que entiendas". Él sintió que se le ponía más roja la cara todavía. "No sólo nosotros haciendo el amor. Lo veo en tus cosas de rescate de doguillos. Baxter. Escribe sobre el amor... el amor por los doguillos... amor por las personas. Puedes escribir sobre eso mejor que nadie, apostaría yo".

Rory no dijo ni una palabra.

Hack rió. "Dos puntos para mi. No es fácil dejarte sin palabras".

Ella se giró hacia él, colocó una mano en cada lado de su cara y le besó fuerte. "¡Gracias!" Nadie me había dicho eso nunca. Tienes razón. Absolutamente. Sí que sé mucho sobre el amor. Vamos a ponernos en marcha. ¿Un café?"

Ahora era Hack el que se quedó boquiabierto.

"Vamos a empezar desde el principio. Título. Por el Amor a Baxter." Rory le miró. "Bueno, venga. Tengo mucho atraso. ¡Qué manera de perder el tiempo! ¿Se lo dirás a mi madre? Porque no creo que tenga yo las agallas para eso".

"Cuando tengas el contrato de un editor, eso lo dirá todo".

"¿Crees que tengo una posibilidad?"

"¡Claro que sí! Creo que eres una gran escritora".

"¿En serio?" Rory dejó de hacer lo que hacía para mirarle fijamente.

"Por supuesto. Nunca te diría eso si no creyese que tienes una posibilidad. Una buena posibilidad".

"Ayer hice sopa de champiñones".

"Me encanta la sopa de champiñones." *Vaya. Es sexy, brillante y una gran cocinera.*

Cuando el reloj de Hack le recordó que ya eran las tres de la tarde, se puso en pie y se estiró. "Me encanta lo que has escrito hoy".

"¿Incluso lo del sexo?"

Se sonrojó. "Si. Estaba caliente. Inolvidable". Se fue hacia su chaqueta, pero Rory estaba entremedias. Rápidamente, la rodeó con sus brazos acercándola hacia sí para un beso de verdad. Su boca descendió a la de ella antes de que ella pudiera protestar. Con la mano le sostenía la cabeza mientras con los labios insistía en que ella abriese la boca. La apretó contra su pecho, con el otro brazo le rodeó la cintura acercándola contra su cuerpo.

Los ojos de Rory se cerraron. Los abrió cuando sintió la lengua de él acariciar la suya. Su brazo le rodeó el cuello y un leve gemido escapó de su garganta. Subió con los dedos para acariciar su pelo brillante. Él hundió una mano en el cabello sedoso de ella.

De repente, dió un paso hacia atrás. "Lo siento. Lo siento mucho. No tenia que haber hecho eso. No te echaría en cara que llamaras al juez y que me detuvieran por asalto".

Rory le puso la mano en el brazo y se inclinó hasta que su mirada encontro la suya que miraba el suelo. "No te disculpes. Eso... me dejó sin palabras", dijo suavemente.

"Quiero decir, estoy comprometido y no debería estar pensando sobre, menos aún besando, o tocando o cualquier cosa con otra mujer...".

Rory le paró con la boca. Sus labios se cerraron encima de los de él mientras le agarraba firmemente por los hombros. Movió sus caderas contra los de él. Él respondió, doblandola en un abrazo y tomando la iniciativa. Sus manos acariciaban su espalda, luego una de las manos se deslizó hasta apretarle el trasero. Su otra mano acariciaba el cabello de ella, los dedos jugueteando con los suaves rizos de ella una y otra vez.

Él la besó suavemente esta vez, esperando que ella le devolviera el beso. Con los labios la mordisqueaba los suyos, las manos lenta y sensualmente seduciéndola con cada gesto. Ella no se resistió, animándole a explorar con suaves gemidos. Cuando se separaron el silencio sólo se vió roto por sus respiraciones entrecortadas. Se quedaron en pie mirándose mientras el sol entraba por la ventana. Él luchó contra el deseo apremiante de tomarla otra vez.

"El sol en tu pelo... bellísima," dijo antes de alcanzar su chaqueta. "Eres maravillosa... Un hombre tendrá mucha suerte pudiendo pasarse la vida haciéndote el amor. No puedo ser yo. Maldita sea. Ahora no, todavía no. Lo siento. Nunca sabrás cuánto lo siento".

En un instante salió por la puerta y bajó los escalones.

Una Rory perpleja se quedó ante la puerta, luchando por contener las lágrimas. *¿Qué ha pasado? Un instante flores y besos y al siguiente adios para siempre?* Después de comerse una cena solitaria, enciendió la televisión para romper con el silencio. Sonó el teléfono. Era su amiga Janice, del rescate de doguillos.

"Alfred está en la perrera. ¿Puedes recogerle mañana?"

"Si, dáme la información". Rory buscó un bolígrafo y papel.

Hubo un breve silencio.

"Este es distinto, Rory," dijo Janice. "Sammy estaba bien de salud. Le encontramos un hogar. Pero Alfred no está bien. Tiene trece años. Su dueño estuvo entrando y saliendo del hospital durante meses antes de morir. Alfred estuvo abandonado. Nadie le dio de comer durante una semana entera. Hizo sus necesidades en toda la casa y casi se muere de hambre. ¿Quién sabe cuando fue la última vez que le vió un veterinario? Me han dicho que está enfermo. No sé cuánto tiempo le queda".

"¿Se va a morir?" Se le encogió el aliento.

"No lo sé. La mujer en la perrera dijo que no tenía buen aspecto. Le han estado dando comida extra pero ella le quiere fuera de allí antes de que pille algo. ¿Crees que puedes con esto?"

Rory dio pasos por la habitación. "Vale. Me hago cargo".

"He contactado a Helen. Ella le cuidará el tiempo que le quede de vida".

"Mi amigo el veterinario le mirará. Apuesto que le puede salvar".

"No les podemos salvar a todos, Rory. Esa es la parte más difícil. Algunos los perdemos. No lo podemos evitar".

"Por favor, no os rindáis todavía".

"No depende de nosotros. ¿Estás segura de que puedes con ello?"

Rory titubeó. *¿Que su puedo con ello? Alfred me necesita. Tengo que poder con ello.* "Si". La mano a su costado se cerró en un puño.

"Vale. Durante un día o dos. Helen ha pasado por esto antes. Se asegurará de que sus últimos días sean maravillosos".

Su pecho se tensó. "¿Sus últimos días?"

"Tenemos que ser realistas. Sé que esto es duro. Eres muy importante para nosotros, Rory. Si esto es demasiado, busco a otra persona. Entiendo".

"No, no. Puedes contar conmigo".

"Hacemos todo lo que podemos. Si perdemos un doguillo, no es por desidia nuestra. Recuerda eso. No eres responsable por las cosas malas que le han pasado a Alfred".

Ella respiró hondo y dejó salir el aire lentamente. "Gracias, Janice".

"No, gracias a tí. Te apreciamos mucho. Sé que esto es duro. Llámame cuando quieras. Por favor, llama a Helen para organizar la recogida. ¿Vale?"

"Vale. Entiendo".

"¿Estás segura de que puedes con esto?"

"Tenía que pasar alguna vez, ¿no?"

"Intenta pensar en todos los perros que salvamos. Los que consiguen hogares nuevos y maravillosos para siempre. Alfred estará bien cuidado. Estoy segura de que estará agradecido de verte".

"Si. Espero no enamorarme de él".

"He pasado por esto yo también. Mi corazón se me parte un poquito cada vez que tengo un caso como el de Alfred. Pero no puedo dejar que eso me detenga".

"Vale".

"Llámame si me necesitas".

"Lo haré". Rory colgó su teléfono. Se quedó parada delante de la ventana, mirando los pájaros en su comedero. El cielo se había nublado. El viento azotaba hojas pardas de los árboles y los mandaba revoloteando al suelo. Ella se subió la cremallera de su sudadera frente al aire frío que entraba por las grietas en el apartamento. Sintió un escalofrío por la espalda. *Voy, Alfred. Aguanta.*

Al día siguiente cuando apareció Hack, Rory le saludó un tanto fríamente. "Tenemos que rescatar otro doguillo de la perrera. Este puede estar enfermo". Ella retiró su chaqueta del gancho tras la puerta.

Hack colocó las manos en los brazos de ella. "¿Estás bien?"

"Te escuché ayer, y estoy de acuerdo."

"¿Si?"

"Absolutamente. Mientras estés pillado por la Señorita Habichuela Verde, tenemos que mantener las distancias".

"Me está matando eso", dijo él

Rory se zafó de sus manos. "Sobrevivirás. Venga. Alfred se está poniendo peor".

Hack la siguió y bajaron los escalones sin hablar.

Tardaron una hora en rescatar a Alfred, firmar el papeleo y salir. El veterinario en la perrera le había examinado y dijo que el perro estaba débil, desnutrido y deshidratado. Hack paró un taxi y en breve estaban de vuelta al apartamento de Rory. Ella mantuvo la puerta abierta mientras Hack entró con Alfred en brazos. Colocó al pequeño doguillo en el suelo.

"Necesita que le recorten las garras. Está sucio y parece que está enfermo. Le moquea la nariz. Será mejor que le lleve a la clínica. No quisiera que Baxter enfermara también".

Rory afirmó con la cabeza.

"Claro, sigo siendo tu esclavo otra hora y media".

"Por favor, vete. Te doy mi bendición". Rory colocó un plato con agua fresca delante de Alfred. Él bebió.

"Eso es genial. Dále agua para que se mee encima de mi por el camino".

"¡Pero tiene sed!"

"Corazón sangrante..." murmuró él.

"¿Puedes decir lo mismo de la Señorita Habichuela Verde?" dijo ella mirándole fijamente.

"¿Qué te importa si estoy comprometido con Felicia? Crees que soy arrogante y presumido".

"Lo pensaba".

Él enarcó una ceja "Lo *pensabas*?"

"Vete...llévate a Alfred. Lo que yo sienta por tí no importa. Tenemos que salvar una vida". Rory le colocó un abriguito de Baxter a Afred y Hack se lo metió bajo el brazo.

"Llámame en una hora. Sabré más entonces".

Ella hizo un gesto afirmativo con la cabeza, acarició al perrillo, y cerró la puerta. Rory intentó concentrarse en el libro que estaba escribiendo, pero Rescate de Doguillos La Gran Manzana llamó para saber de Alfred. En cuanto colgó, Rory se dirigió a la clínica, incapaz de contenerse. Se asomó al mostrador donde estaba Mary.

"La recuerdo. Usted es la mujer que Hack... quiero decir, el Dr. Roberts, tuvo el encontronazo en el parque. ¿Cómo está?"

"Estoy bien. Curándome. El Dr. Roberts ha traido un doguillo, Alfred. Es un doguillo rescatado. Le recogimos de la perrera esta mañana. ¿Puedo verle? ¿Puedo hablar con el Dr. Roberts?" ella cambió su postura.

"Por supuesto que sí. El Dr. Roberts está con un paciente. Espere un momento. Le diré que ha venido".

Mary se levantó de su asiento y entró por la puerta de detrás.

Rory se sentó en un banco. La sala de espera estaba vacía. La ventana cerca de Rory estaba abierta unos cinco centímetros, dejando entrar aire frío. Se volvió para cerrarla cuando vió a Felicia de pie afuera, hablando por su teléfono móvil y podía oir lo que decía. *No debería estar escuchando. No me puedo resistir.*

La voz algo estridente de la mujer joven y esbelta entraba claramente por la ventana. "Lo sé, Paul. Si. Estoy haciendo todo lo que puedo. Claro que tengo intención de casarme con él. ¿Qué?"

Luego un silencio.

"Conseguiré el dinero. ¿Qué? ¿Cuando? Dile a Chet que tendrá que esperar. Hack no echará de menos cien mil. Sé que está tardando más de lo que habíamos planeado. La nueva colección tendrá que esperar. Estoy yendo todo lo aprisa que pueda".

Silencio.

"¡Claro que quiero hacer la temporada del otoño que viene! ¿Estás loco?"

Silencio.

"Venga, Paul. Dáme un respiro. Por favor, ten paciencia".

Felicia se movió unos pasos a la derecha, un poco más lejos de la ventana. Rory se acercó un poco más cerca.

"Estamos en ello. Sí. Tu y yo. Lo sé. No quiero hacer esto con nadie más. ¿Sientes lo mismo que yo? Bien. Confía en mi. Estoy calentando las cosas. Me tengo que ir".

Rory se deslizó rápidamente al otro lado del banco, lejos de la ventana y se abrió la puerta y Felicia entró. Miró hacia Rory y frunció el entrecejo. "¿Aquí de nuevo. ¿No te rindes nunca? El hombre está pillado".

"Estoy aquí para recoger un perro".

"¿Oh? ¿Su perro?"

"No, es un perro abandonado... no lo podría entender".

"Seguramente que no. Y no me importa tampoco. Deja en paz a Hack. No está interesado en ti".

Eso es lo que tú te crees. Rory se mordió el labio, pero se negó a pelear con la mujer.

Felicia dio pasos en la habitación. "¿Dónde está Mary?"

"Está dentro". En dos minutos, Hack salió con Alfred en brazos. Saludó a Felicia mientras se acercaba a Rory.

"¿Cómo está?" Ella tomó el perro de sus brazos.

"Tiene una infección respiratoria superior y quién sabe qué mas cosas. Este pobre perro no ha estado muy cuidado. Le he recortado las garras".

"Janice en La Gran Manzana me dijo que su propietario murió después de estar enfermo durante mucho tiempo. Nadie cuidó a Alfred durante por lo menos una semana después de eso". Ella acarició al perro con caricias largas y lentas.

"Probablemente tiene más de trece años. Tengo un poco de medicina para él".

"Rory podía sentir la respiración entrecortada del doguillo. Se emocionó mientras decía. "Pero lo tenemos. Está fuera de ese sitio".

"Lo sé. Haremos todo lo que podamos. Pero... No puedo prometer nada". Hack tomó la barbilla de ella en una mano.

Ella miró a los ojos de él y no le gustó lo que veía. *Misericordia. Como si Alfred estuviera condenado.* "¿Podemos intentarlo, no?"

"Claro que si. Aquí están sus medicaciones con las instrucciones". Hack colocó dos frasquitos en su mano abierta.

"¿Cuánto va a costar todo esto?"

"Nada. Yo me ocupo de esto".

Ella le miró a los ojos que se le ponían llorosos. "Gracias" dijo con la boca. Luego recogió su bolso y se encaminó hacia la puerta. Hack la abrió y Rory salió, con un último vistazo hacia atrás.

Cuando llegó a casa con Alfred, le dió un baño rápido. Abrió su horno y dejó la puerta del horno abierta, secándole con una toalla delante del aire caliente. Luego le cepilló.

Baxter se acercó trotando para olisquear al nuevo visitante y luego volvió a su camita y se quedó dormido.

"Es nuestro invitado, Bax. Espero que eso te parezca bien". Dijo Rory, envolvió a Alfred en una toalla limpia y se arrecostó con él en el sofá. Rory se sentó, tomando una taza de té, mirando al viejo doguillo que dormía.

Sus ojos se achinaron. *¿Qué está tramando Felicia? ¿Quiere dinero de Hack? ¿Se va a casar con él para hacer su propia marca de ropa? Eso es terrible. Necesita ser avisado. No hay nada que yo pueda hacer. Se me acusará de ser celosa. Pero, tengo que salvar al hombre que amo ¿no?*

Preguntas sin respuesta dieron vueltas y vueltas en su mente. Acabó su bebida, se mordisqueó el labio, pero no sabía qué hacer. La mañana llena de emociones le había dejado exhausta. Estirándose al lado del doguillo nuevo, le cubrió a Alfred y ella con una de las mantas que ella misma había tejido, cerró los ojos y pronto estaba profundamente dormida.

Capítulo Ocho

Una llamada a Helen para concreter una cita para entregarle a Alfred reveló que su amiga iba a estar fuera unos días. Rory sonrió ante la idea de tener a Alfred un poco más. Tenía toda la intención de inundarle con caprichos y mimos.

Sonaba música navideña mientras Rory cocinaba. Le dio bocaditos de pollo y carne recién cocinados a su visitante. Arrebujada con ambos doguillos en el sofá, vió *Qué Bello es Vivir*, acompañada por un gran cuenco de palomitas de maíz. Rory intentó todas las cosas que se le ocurrían para tener un poco de espíritu navideño en el corazón pero nada funcionaba.

Había dejado de escribir durante el tiempo que Alfred estuviera de visita. Los días sin Hack pasaban lentamente de manera infinita. Aunque ella se aseguraba de que Alfred se tomaba su medicación, un día estaba bien y al siguiente se quedaba triste y decaído. No era capaz de saltar al sofá solo. Rory le subía y le bajaba. No quería dejarle solo por miedo a que se cayera.

Se debatía entre decirle o no lo que sabía de Felicia, que ella no tramaba nada bueno. *¿Se lo cuento? ¿No le digo nada?* Recorría el apartamento, cocinaba, limpiaba, pero no encontraba ninguna respuesta. Encerrada día tras día, Rory se hundió en una depresión.

En guerra consigo misma sobre si llamar a Hack con preguntas sobre Alfred o dejarle en paz para que pudiese ponerse al día con su trabajo, su indecisión sólo le causaba más frustración. Alfred no quería abandonar su regazo, así que le daba de comer con una cuchara. Baxter estaba celoso, buscando su atención. Ella le dejó acercarse hasta que le ladró al perro viejo.

Entonces llamó Hack, solucionando uno de sus problemas. "Hola, llamo para saber cómo está Alfred. ¿Cómo estáis los tres?"

"Un momento parece estar mejor, al siguiente empeora", dijo Rory rompiendo a llorar.

"Ha sufrido abandono. Tienes que estar preparada para lo peor".

"Es tan dulce. Quiere quedarse aquí acurrucado a mi lado". Se secó los ojos con un pañuelo de papel. "Sé como se siente", dijo Hack.

Rory ignoró su comentario sugerente. "¿No hay más medicina que le podamos dar?"

"Creo que no. Dále otro día mas y te lo traes si no está mejor. Le haremos unas pruebas".

"Vale. Gracias por llamar".

"Seguro. ¿Vamos a seguir con tu libro?"

"Quiero unos cuantos días con Alfred. A lo mejor podemos salvarle".

"Ya me dirás".

"Lo hare".

"Rory", dijo Hack justo cuando ella iba a colgar.

"¿Qué?"

"No cuentes con salvarle. ¿Vale?"

"No puedo evitarlo". Ella colgó, ansiosa por terminar la discusión. No le gustaba el tono de duda en la voz de Hack. Se estaba encariñando rápidamente con Alfred. Era su misión salvarle. Si se moría, bueno, pues ella no podía pensar en eso.

La respiración de Alfred, aunque mejor, seguía siendo jadeante y no estaba comiendo mucho. Declinó una invitación para cenar con Shirley y Hal porque no quería dejar solo al pequeño perrillo rescatado. Sentada en el sofá rememoraba la conversación telefónica de Felicia otra vez.

¿Sabrá Hack algo del gran plan de Felicia? ¿Si tiene éxito le abandonará? No, nadie maga la fuente del dinero, ¿verdad? ¿Se lo puedo decir? No. De ninguna manera. Me odiará por reventar su sueño. ¿Casarse con Felicia es su sueño? Exhausta por la preocupación por Alfred y la preocupación por Hack, se rindió, decidió que no era asunto suyo y que debería sencillamente callarse.

Cerca de las diez de la mañana siguiente, Hack llamó otra vez. Reacia, ella le dijo que Alfred no estaba mejorando. "Está igual" dijo ella.

"Tráetelo, Rory. Le haremos unas pruebas".

"¿Y si es demasiado tarde? ¿Y si es demasiado viejo?"

"Cruzaremos ese puente si llegamos a eso." Rory abrigó a Alfred y salió a la calle. El perro caminaba demasiado lentamente, así que ella cargó con él en brazos la mayor parte del camino.

Hack la estaba esperando. Se llevó al perro a la parte trasera y luego volvió para hablar con ella. "Le estamos sacando sangre. Vete a casa. Duerme un poco. Pareces cansada. Te llamo cuando tenga los resultados de la analítica".

Ella hizo un gesto con la cabeza. "¿Estará bien aquí contigo, no?"

"Claro que si".

"¿Y el dinero?"

Él hizo un gesto con la mano. "No te preocupes por el gasto".

"¿Por qué Alfred no puede ser como con Sammy?"

Hack hizo un gesto con los hombros. "Vete a casa. Cuídate".

Rory caminó lentamente a casa. Baxter la recibió a la puerta con su saludo normal de entusiasmo, como si ella se hubiera ido durante semanas y semanas. Rory abrió un libro, se metió bajo una manta y dio unas palmaditas en el sofá. Baxter saltó y se arrellanó en sus rodillas.

Una vez que se acomodaron, Rory se dejó perder en un romance escrito por una amiga de *Facebook*. Lo acabó, bostezó y en cuestión de minutos estaba tranquilamente dormida al lado de Baxter que roncaba contento.

La llamada que la despertó era de Janice, no Hack. "¿Cómo está Alfred?"

"No está bien", Rory dijo, ahogando un bostezo. Siguió explicando.

"¿Has llamado a Helen?"

Rory contó su conversación con Helen. "Viene pasado mañana".

"Bien. Ha hecho esto antes. A nadie le gusta hacerlo, pero ella puede".

Rory estaba rota entre querer quedarse con Alfred y no querer tomar la decisión de acabar su vida. "Si no puedo mantener el ánimo para Alfred en sus últimos días, ¿para qué sirvo yo en esto? ¿Debería estar haciendo rescate de doguillos?"

"¡Oh, dios, Rory! Por favor, no te vengas abajo. Te necesitamos. A veces no llegamos a tiempo. Ocurre. Fíjate en todos los doguillos que has ayudado. Fíjate en Sammy que es feliz y viviendo en Connecticut. Has ayudado a muchos doguillos en el breve tiempo que llevas con nosotros".

Rory no podía detener las lágrimas. "No sé por qué Alfred significa tanto para mí. No le he conocido mucho tiempo. Es tan confiado. La manera que tiene de acurrucarse conmigo".

"Estás haciendo muchas cosas por él, aunque sólo sean unos pocos días. No lo olvides".

"Gracias. Me tengo que ir". Rory apagó el teléfono. No quería seguir hablando del tema. Puso otra película navideña, se acurrucó con Baxter e intentó prestar atención a la pantalla.

Hack llamó. "Es cancer. No hay mucho que podamos hacer por él, Rory". Ella soltó todo lo que llevaba dentro. Él dejó de hablar hasta que ella recuperó el control. "¿Qué quieres que hagamos?"

"Alguien viene a recogerle. Se lo contaré".

"Lo siento", dijo él en voz baja.

"Gracias". Rory colgó y se quedó sentada en una silla al lado de la ventana. Había luces de colores en las casas y en las ventanas de los apartamentos, pero a ella no le aportaban alegría navideña. Ventanas con cortinas abiertas mostraban árboles de Navidad recubiertos de adornos. Una nieve temprana espolvoreaba los arbustos y los árboles dándoles un aire festivo.

Una pesadumbre se alojaba en su corazón. Se fue a la cocina. *Necesito consolarme con algo para comer.* Sacó un preparado de bizcocho de un armario de la cocina y de la nevera huevos y leche.

.

Hack estiró una mano para recibir el siguiente portapapeles de Mary. Ella lo retuvo firmemente mirándole fijamente. "¿Qué vas a hacer por Rory y ese viejo doguillo rescatado que ha traido?"

"Nada. Le he dado el alta. No hay nada que pueda hacer por él".

Mary hizo una mueca de desagrado. "¿Y ella?"

"¿Y qué de ella? ¿Qué quieres que haga? ¿Agito una varita mágica y curo al perro?"

"Algo".

"Me gustaría ayudarla. No sé por qué se ha encariñado tanto y tan pronto. Es un perro gracioso pero de todas maneras. Ella tiene que mantener un poco de distancia si quiere dedicarse a rescates".

"Dále un abrazo. Lo necesita".

"Que Felicia no te oiga decir eso". Susurró Hack.

"¿Qué estáis susurrando los dos?" La morena delgada se quedó parada con las manos en sus delgadas caderas.

"Nada. Un paciente, eso es todo. Tenga, Dr. Roberts", Mary le entregó los registros.

"Tengo varios pacientes que ver todavía, Felicia".

"Vale. Me espero. Hago unas cuantas llamadas. También tengo un par de revistas". Se dejó caer en una silla de cuero y sacó un ejemplar de la revista *Vogue*.

A las siete de la tarde la clínica estaba casi desierta, exceptuando Mary, Felicia y Hack. Mary recogió sus cosas, cerró la recepción y agarró su abrigo.

"Que tengas una buena noche, Felicia".

"Igualmente" dijo la diseñadora de moda sin alzar la vista de su revista.

Hack miró desde la puerta de la sala de exámen. *Estamos solos. Ahora es el momento de decirselo, hablar con ella.* Se acercó a ella lentamente. "Felicia, deberíamos hablar".

Ella alzó la vista y sonrió. "Justo lo que yo estaba pensando".

"Acerca de nuestro noviazgo...".

"Lo sé. ¿Cuándo demonios nos vamos a casar?"

Hack se quedó boquiabierto. "¿Casarnos?"

"Si. Me he acostumbrado a ser tu prometida. Ahora ha llegado el momento de convertirme en tu esposa. Vamos a hacer que todo el mundo sea feliz y nos casamos". Se puso en pie dando unos pasos ligeros hacia él.

Él vio una mirada de deseo en sus ojos y sintió pánico en el pecho. "Nuestro noviazgo nunca ha sido real".

"Se ha vuelto real. Para mí al menos. Vamos a consumarlo. Aquí mismo". Empezó a desabrocharse la blusa.

"¿Aquí?" Su voz era un graznido.

"¿Por qué no? Todo el mundo se ha marchado ya. Sería tan ardiente hacerlo en una de las mesas de examinación".

Hack retrocedió. *Demonios, ¿qué está pasando?* "Esto nunca fue de verdad, Felicia".

"Cuéntale eso a tu madre. Hasta tu padre se ha acostumbrado a nosotros. Tus hermanos también. Estoy allí todos los días de fiesta".

"Para hacer feliz a mi madre".

"¿Y tú, Hack? ¿Quién te hace feliz? ¿Esa paseadora de perros? No. Acércate a mí, una mujer de verdad. Yo sé como hacerte feliz". Se abrió la blusa y se la quitó. Llevaba un sujetador negro de encaje.

Hack la miró fijamente, pero no sentía nada. *¿No se me pone dura? Sus pechos son pequeños pero no están mal.*

"Vive un poquito, Hack. Seguro que estás ardiendo de deseo. Nunca lo hemos hecho. Rompamos el hielo", ella rió ante su propia broma.

"Tengo una idea bien distinta".

"¿Oh? ¿Quieres que lo hagamos aquí fuera? ¿En el banco? Es un poco estrecho pero yo podría hacer que eso funcionara". Ella estiró un brazo para desabrocharle el botón de arriba de su camisa.

"No, quiero decir sobre nosotros dos".

"Quítatela, Hack. A ver que eche un buen vistazo al hombre con el que voy a vivir". Él puso las manos encima de los brazos de ella y la alejó suavemente, pero ella le esquivó y siguió desnudándole.

"No creo que deberíamos casarnos", dijo él de gople.

"¿Qué? ¿Después de todo este tiempo? Yo te quiero. Me has estado provocando durante bastante tiempo. Pónte serio".

"Nunca he estado más serio".

"¿Qué ha pasado? Antes eras tan distinto. ¿Esa putilla se ha entrometido entre nuestro noviazgo? La puedo demandar por eso". Felicia le abrió la camisa y aplanó la palma de su mano en su pecho vestido con una camiseta. "Odio estas cosas. Siempre se tarda tanto en desvestir a un tío".

"Nunca hubo ningun noviazgo. No la puedes demandar por algo que nunca existió".

"¿Ah, no? Tengo un anillo y todo el mundo sabe que estamos comprometidos". Ella se bajó la cremallera de su falda. Empujando la falda hacia abajo dejó ver pantis de encaje que hacían juego con su sujetador. Se fue hacia el cinturón de Hack.

"¿Por qué te quieres casar conmigo?" preguntó él colocando las manos en su cintura desnuda.

Una brisa fría interrumpió a los amantes potenciales haciéndoles dirigir la mirada hacia el frente de la clínica. Rory estaba en la puerta de entrada con los brazos cruzados en el pecho. "Yo sé por qué quiere casarse contigo". Después de un silencio, siguió. "Ella quiere que le des dinero para empezar su propia marca de moda". Las palabras salieron de boca de Rory deprisa, una detrás de la otra. Los ojos de Rory brillaban y su aliento era rápido.

"¿Qué?" preguntó Hack.

"¿Cómo demonios sabes tú nada? ¿Y, qué haces aquí?" preguntó Felicia, intentando ignorar la acusación.

Rory miró fijamente a Hack. "¿Estoy interrumpiendo algo?"

"Nada que interrumpir. Sé que parece algo diferente, pero..."

"Desde luego que si". Ella se volvió hacia Felicia. "Escuché tu conversación telefónica con Paul esta tarde". La mirada de Rory saltó de Felicia a Hack y de vuelta otra vez.

"Rory, esto no tiene nada que ver contigo...".

"He venido a recoger a Alfred. No te esperaba teniendo sexo con la Señorita Crepe".

"¡Cuidado, gordita!" advirtió Felicia.

"Vuelvo ahora mismo", dijo Hack abrochándose la camisa camino a buscar al doguillo.

"Putita. Podría demandarte. ¿Has oido hablar de alienación de afectos? ¿Te lo has estado follando cuando se suponía que estaba escribiendo a máquina para ti?" Felicia recogió su blusa de la silla y metió los brazos por las mangas.

Hack volvió corriendo por el pasillo con el pequeño doguillo en brazos. "¡Felicia, Para".

El rostro de Rory palideció. Le miró fijamente. "¿Se lo has dicho?"

Él sacudió la cabeza. "Mirad, aqui hay un gigantesco malentedido".

"Desde luego," dijo Rory, recogiendo a Alfred de los brazos de Hack, evitando su mirada y dirigiéndose hacia la puerta. "Y todo es por mi culpa. Os debéis el uno a la otra. Espero que seáis muy felices".

Hack se quedó parado mirando fijamente la figura de Rory alejarse en la distancia. "No me puedo creer que esto esté pasando".

"Es tan perra", dijo Felicia.

"Y ahora piensa que estoy enamorado de ti. Mierda". Hack terminó de abrocharse la camisa y agarró su chaqueta.

El aire gélido penetraba el fino abrigo de Rory, obligándola a encorvar los hombros contra el viento. Aferró al doguillo, estrechándolo todo lo más que pudo contra su cuerpo. Él se removió un poco y luego se acomodó. La miró a ella con ojos marrones llenos de confianza y sonrió. Ella no pudo evitar devolverle la sonrisa.

Camino a casa se puso a tararear *La Canción de Navidad*. Se alegró de llegar al calor de su portería. Dentro de su apartamento puso a hervir una tetera y sacó una bandeja de caprichos que había comprado para Alfred. Baxter se puso el primero en la fila.

Alfred no había comido mucho pero se animó al olor de pedazos de hígado. Se comió los bocaditos pequeños que se le deshacían en la boca y meneó la cola. Ella levantó el auricular del teléfono para oir mensajes. Helen había llamado. Iba a venir esa noche para recoger a Alfred.

"Si, chicos. Nos lo vamos a pasar bien," dijo, hablándole a los canes.

Rory sabía en su corazón que iba a ser cruel que siguiera sufriendo, pero la idea de tomar la decision de acabar su vida en algún momento iba a ser algo que ella no sería capaz de soportar. Aunque le echaría de menos, se alegró de saber que el perro estaría en las manos experimentadas de Helen. *Estará contento con ella, y ella sabra cuidarle. Yo no sé hacerlo.*

Ella le dió un pedacito de hígado. El perro sacudió el rabo y se arrimó a ella. Rory se tumbó en el sofá, abrió un libro y se enroscó entorno al perro leyendo, pero no podía concentrarse.

Deja de pensar en Hack y ese pedazo de cuerda que estaba a punto de tirarse. Rory no podía soportar esa mujer, o la idea de que él estaría durmiendo con esa vil y escuchimizada limpia-pipas para siempre.

Rory echaba de menos a Hack. Echaba de menos sus manos. Quería desesperadamente estar con él, sentir sus dedos en su piel, acariciarle, hacer el amor con él. Pero seguramente no iba a pasar. *Y no debería. Él le pertenece a ella.* Sentir pena por ella y tristeza por Alfred descendió hasta cubrirla como una manta de lana, ahogando sus ánimos. *Es Navidad. ¡Un poco de alegría navideña!* Pero no podía.

Ojalá pudiera colocar la almohada encima de mi cabeza, quitármela y que fuese mayo, que Alfred estuviera bien y la Señorita Cartoncillo enviada a Alaska. Es hora de enfrentarse a la cruda realidad. Rory descolgó el teléfono. "¿Bess? Si. Estoy bien. No, realmente no estoy bien". Se echo hacia atrás y se desahogó.

A eso de las nueve, Helen llamó al telefonillo. Rory abrió la puerta con una mano temblorosa. Baxter corrió hacia la puerta ladrando como de costumbre.

Helen se inclinó para acariciarle. "Hola, Baxter. Hace tiempo que no te veo amiguito. ¿Dónde está el pequeñajo?" Miró a su alrededor hasta que espió a Alfred, enroscado como un pequeño principito en el sofá.

"Aquí". Rory la guió.

"¡Oh, dios mío, es una monada!" Helen, una mujer grande, se dejó caer al lado del doguillo y acarició su pelo.

Rory se dedicó a recoger las cosas que había comprado para él—un juguete, caprichos, un abriguito de perro. *Dinero bien gastado. No quedará mucho para regalos de Navidad este año.*

Moviéndose de un lado para otro en el apartamento le impidió llorar. Encontró una pequeña bolsa de la compra y metió todo allí dentro, incluida la medicación que le había dado Hack.

"He escrito las instrucciones de su medicación. Todo está aquí. ¿Te gustaría una taza de té?"

"Me encantaría tomarme una, pero creo que no estoy bien aparcada. Además tengo un viaje de vuelta de dos horas por delante. Pero gracias".

Rory movió la cabeza, con un nudo en la garganta.

"Tiene muy buen aspecto, Rory. Has hecho una labor maravillosa. Ha tenido suerte de dar contigo".

Las palabras de Helen le quitaron el auto-control a Rory que rompió a llorar.

Helen la abrazó y la dejó llorar. "Lo sé, cariño. Te entiendo", dijo susurrando.

Rory alcanzó una caja de pañuelos de papel. Alfred se puso en pie y le lamió la cara, haciéndola llorar de nuevo.

"Es como que te está dando las gracias. Estoy segura de que aprecia todo lo que has hecho por él. Puedes enviar la factura del veterinario a Janice".

"No hay factura del veterinario".

"¿Y eso?" Helen enarcó las cejas.

"El veterinario es un... un amigo mío".

"¡Vaya! Qué generosidad".

"¿Y qué quieres que te diga?"

"No hay más que verte, cariño". Helen rió y se puso en pie. "Venga, cosita pequeña. Es hora de meterse en el doguillo-móvil y irse a casa". Rory se puso un abrigo mientras Helen abrigaba a Alfred. Bajaron juntos. Rory les saludó con el brazo hasta que se perdieron de vista. La tristeza en su corazón se coaguló en una bola de lágrimas y regresó para una buena llantina con Baxter a su lado.

A la mañana siguiente, Rory echo de menos a Alfred. Cuando se estaba preparando para pasear a Baxter, recordó que Hack tenía que volver para escribir para ella todavía un par de semanas más. *¡Vaya! No puedo tenerle aqui ahora. No ahora después de lo que ví. ¿Como vamos a trabajar juntos con esto como un muro entre nosotros?* Rory respiró hondo y jadeante.

Habló con Baxter mientras caminaban, explicando su problema.

"Si, me gustaría que Hack volviese. Pero no lo quiero comprometido con ella. No puedo con eso, Bax. No puedo estar con él si está con esa palillo de dientes. Imposible". Se encaminó hacia la Avenida Amsterdam. "Pero le voy a echar tanto de menos. Tengo que superarlo, ¿verdad?" El doguillo la miró y jadeó. Luego se sacudió. "No puedo. No puedo", murmuró mientras subía los escalones de vuelta a casa. "Tengo que hacer algo".

Decidió que tenían que romper. No había ninguna manera en que ella iba a poder estar sentada allí y enfocada en su trabajo después de lo que había sucedido entre ellos. El dolor de estar totalmente enamorada de alguien que no la quería o no podía devolver su amor, era sobrecogedor. *Tendré que escribir la última parte del libro yo sola.*

La mano de Rory temblaba mientras marcaba el número de la clínica veterinaria. Cuando Mary le dijo que él estaba con un paciente, ella dejó un mensaje para él. "Por favor dígale que su deuda conmigo está saldada. No tiene que seguir escribiendo a máquina para mi".

La mujer leyó el mensaje en voz alta y luego Rory colgó. *No voy a llorar.*

Se sorbió los mocos, agarró un pañuelo de papel y volvió a su ordenador. Abrió su manuscrito, *Por el Amor de Baxter,* y después de un largo suspiro, empezó lentamente a elegir las letras con una sola mano. El dolor en su corazón no cesó mientras ella escribía su novela de amor. Después de terminar una escena, puso a hervir la tetera y se acomodó al lado de Baxter, esperando a que el agua hirviese.

Su mirada se fijó en el teléfono, albergó esperanzas de que sonara. *Y que fuese Hack. Y él me diría cuánto me quiere y cómo había roto con la Señorita Astilla. Y cómo quería pasarse el resto de la vida haciéndome el amor.* Pero el móvil no sonó.

Se sirvió un té, casi quemándose cuando un sonido conocido le distrajo. Se tiró hacia el teléfono, pero la decepción la embargó como una niebla densa cuando vió el número de Bess en la pantalla.

"Arréglate. Te vamos a sacar para ir a comer".

"Nos vemos los lunes por la noche, no el miércoles por la tarde".

"Hemos acordado que esto es una emergencia, y necesitas comida. Así que arréglate. Estaremos allí dentro de quince minutos. Y, ¡no repliques!" Rory abrió la boca para protestar, pero Bess había colgado ya.

Una sonrisa a medio dibujar se abrió camino en su cara. *Bendito sea el Club.* Abrió la ducha y se metió el pelo en un gorro de ducha. Después de su ducha sólo tenía unos minutos para vestirse antes de que llegaran sus amigas. No tenía tiempo de mirar su móvil. Bess llamó un taxi y se fueron todas hacia el restaurante La Mer Bleu para comer pescado al estilo francés.

Rory estuvo arropada por el calor de sus amigas, todas hablando a la vez, acribillándola a preguntas y entre ellas mismas. Eran ruidosas, y su alegría era contagiosa. Estar con ellas le animó.

El restaurante reconoció a Bess y les dió la mejor mesa y una ronda de Cosmos cortesía de la casa. Después de la segunda ronda, las mujeres estaban riendo por lo bajo y haciendo comentarios lascivos acerca de algunos de los clientes hombres.

"¿Cuál es el tío mas atractivo en la sala?" preguntó Miranda.

"Ése. El del pelo oscuro y la chica pelirroja", dijo Brooke señalando con la cabeza hacia una mesa en la esquina.

"¿Y qué pasa con el tío que acaba de entrar?" susurró Bess.

Ninguno de los hombres aquí puede hacerle la competencia a Hack. Rory intentó seguirles el juego e ignorar la pesadumbre en su corazón, pero no era fácil.

Llegó el plato principal. Cada una tenía que probar el plato de la otra. Hubo comentarios acerca de qué comprar para Navidad y qué iba a cocinar Bess para su programa, y esto hizo que la conversación fuese alegre y evitando temas dolorosos para Rory. Una pequeña sonrisa se dibujó en la cara de Rory. Sintió una ligereza en el ánimo. *Ellas son todo lo que necesito para Navidad.*

El teléfono de Miranda sonó, recordándole a Rory que ella llevaba mucho rato sin mirar el suyo. Miró brevemente su cellular. Dos llamadas perdidas. Ambas de Hack. Inhaló. "Ha llamado Hack."

"Devuélvele la llamada", mandó Bess

Se le llenaron los ojos de lágrimas mientras pedía silencio en la mesa antes de marcar. Su mano temblaba mientras esperaba la contestación de él.

"¿Rory? ¿Estás cancelando nuestro trabajo?"

"No es nuestra. Es mío".

"Claro, claro. Sabes a qué me refiero".

Ella agarró la servilleta fina de tela en su mano libre. "Si te preocupa el juez, vuelvo al juzgado y les digo—"

"No me preocupa eso".

"¿Entonces, qué?" Las tres amigas de Rory se quedaron sentadas claramente conteniendo el aliento, las miradas fijas en ella.

"Bueno... quiero decir... No voy a poder verte todos los días. No voy a poder verte más".

"Quizás eso sea lo mejor. Después de todo estás comprometido. Eres de alguien. No deberíamos hacer... más de lo que estabamos haciendo". Rory sintió calor en las mejillas. Miró hacia arriba y vió tres pares de ojos mirándola fijamente.

"Oh." Hubo un momento de silencio antes de que él hablase. "Pero me gusta verte todos los días".

"¿De veras?" Rory intentó sin éxito, evitar la nota de esperanza que surgía en su voz.

"Sí".

"¿Aunque te hago pasar un mal rato?"

"Tus exigencias son altas, eso es todo".

"¿Y todos los nombres que le pongo a Felicia?"

"El gran momento de mi día". Rió un poco. Silencio. Luego, "¿No quieres que me acerque a verte?"

"Creo que no... No... No puedo..." su voz tembló mientras las lágrimas se desparramaban sin freno.

"No llores... nena", dijo él suavemente.

"¿Quieres que te dicte como si no hubiera pasado nada? No puedo".

"Entonces, ¿prefieres decir adiós?"

"No es una elección". Apretó la servilleta.

"Me gustaría tanto que no lo hicieras".

El silencio se apoderó de todo durante un momento.

"Adiós", susurró ella.

"Adiós, bellezón."

Un sollozo se le atragantó en la garganta y luego dió lugar a las lágrimas mientras ella cerraba su móvil. Miranda le dió un pañuelo de papel, mientras Brooke le daba palmaditas en la espalda.

Bess habló con el camarero. "Dos cafés, dos tes y postre, por favor."

Capítulo Nueve

Por fin le quitaron la escayola a Rory. Fue a sesiones de rehabilitación tres veces a la semana para volver a poder usar el brazo. Reanudando sus tareas como paseadora de perros, era feliz de estar con sus amigos los perros.

Durante las dos semanas siguientes, iba pellizcando letra por letra las palabras de los capítulos que le quedaban, sola. Cada mañana cuando sacaba a Baxter a pasear, buscaba en el camino un hombre alto y atractivo yendo demasiado deprisa en una bicicleta, pero Hack nunca apareció.

¿Dejó de ir en bicicleta por mi? ¿Sigue con Felicia? ¿Han fijado la fecha? ¿Le quiere ella aunque sea poco? Supongo que nunca lo sabré.

El dolor agudo en su pecho se había convertido en un dolor constante. Sus oídos prestaban atención buscando oir el sonido del telefonillo a las diez de la mañana, pero nunca sonaba. *Esto ha sido mi elección.* Ella no podía decidir qué era peor, el dolor de estar con él pero tenerle fuera de su alcance, o el dolor de no verle. Pensó en su ausencia buscando una justificación. *Sin la escayola, ya no estaría viniendo aquí de todas formas.*

Pero no podía engañarse a sí misma. Él había sido una gran presencia en su vida. Hack había aportado una realidad, una emoción y una amistad de la que ella carecía. Él llenaba un vacio. Sus rutinas, incluyendo cocinar comida para encantarle, habían sido abandonadas. Incluso dejó de pensar en nombres para Felicia. La vida iba sin rumbo—ella simplemente iba haciendo las cosas maquinalmente, cuidando de las cosas básicas pero echando de menos la alegría que había tenido con él.

Envió su libro a un editor y rezó. La escayola de Baxter se había eliminado mucho antes que la de Rory. Le tocaba un chequeo pero ella lo iba demorando, sin estar segura de poder ver a Hack. Antes de poder llamar para pedir una cita, sonó el telefonillo. Su corazón dió un brinco de alegría y su pulso se aceleró. *¿Hack?* Atusándose el pelo, abrió la puerta.

"¡Bruce!"

Baxter corrió a su lado y le ladró furioso.

"Si, soy yo. Apuesto que estás sorprendida", dijo él, entrando en el apartamento y entregándole un ramillete de rosas.

Ella tomó las flores. "Eso es un eufemismo. ¿Qué haces aquí?"

"Dejarte fue un error". Se inclinó para acariciar al doguillo.

"¿Qué?"

"Veo que estás toda curada. Tienes buen aspecto". La recorrió con la mirada.

Ella reconoció el brillo en sus ojos. "Estás bromeando, ¿verdad?" Cambió de postura.

"Estoy completamente serio".

"¿Qué pasó con la chica del gran trabajo?"

"¿Ella? Pues, vaya..." Se sonrojó.

"Si, ella". Rory se puso en jarras con los puños cerrados.

"No era tan estupenda. No era tan estupenda como tú".

"Dime por qué". Achinó los ojos.

Él alzó las cejas. "¿Puedo entrar?"

"Ya estás dentro".

"¿Al menos me dejas sentarme?"

Ella hizo un movimiento de barrido con la mano. "Pónte cómodo".

"No pareces contenta de verme. Pensé que me querrías de nuevo".

"Te quería, durante un tiempo pero lo superé". Volvió a la cocina para remover la sopa en el fuego.

"¿Has superado lo nuestro? ¿Tan pronto?"

"¿Te crees que me iba a quedar lamentándome, esperando que volvieras? Pensé que me conocias mejor." *Sé honesta. Estás lamentándote. Lamentándote por Hack.*

"He vuelto, por si estás disponible todavía".

"No estoy casada si es eso lo que quieres decir". *Vaya si estoy disponible. ¿Hack, qué ha pasado contigo?*

"Siempre bromeando". Bruce se levantó del sofá y tomó a Rory entre sus brazos. La besó mientras con las manos recorría su espalda y le dió un apretón en el trasero.

"Sigues estando perfecta", murmuró. "Dáme un poco de azúcar". La soledad hizo que Rory respondiera. Bruce tenía buen aspecto. Llevaba un traje de color azul marino, una camisa a juego con sus ojos y una corbata dorada, que hacia juego con su pelo rubio. Su cuerpo seguía siendo fuerte y poderoso. Ella devolvió su beso con otro suyo, ablandándose entre sus brazos. Hasta que su cerebro hizo un corto circuito en su respuesta. *Éste no es Hack. Tú quieres a Hack.*

Bruce la desvistió lentamente, comentando cada parte que iba viendo. "Gran cuerpo. Nunca he conocido una chica tan buena como tú en la cama. Eres la mejor". Cumplidos, incluso tan toscos como los suyos, eran inexistentes en su vida ahora. Se sintió halagada, ardiente y no estaba pensando claramente. En breve estaban desnudos. Rory intentó pensar en Bruce pero Hack persistía en sus pensamientos. Cada toque le recordaba que él no era Hack.

La magia con Bruce había pasado. Pero era Navidad. *Cualquier amor es mejor que nada, ¿cierto? Estoy tan cansada de estar sola. Tengo que encerrar las lamentaciones en el armario y tirar la llave.*

Bruce la recostó en el sofa y le hizo el amor. Rory cerró los ojos e imaginó que era Hack el que la estaba penetrando, Hack gruñendo en su oido, Hack besando sus pechos. Pero no era el olor de Hack jugueteando ante su nariz. Su cuerpo respondía porque Bruce ya se sabía todas las teclas. De todas formas, la satisfacción completa estaba fuera de su alcance.

Luego, Rory se puso una bata y encendió el fuego de la cocina para la tetera. Bruce se tomó una cerveza mientras ella bebía sorbitos de té. Él la invitó a la fiesta de Navidad de su empresa. Ella se encogió. *Una habitación llena de extraños, mi peor pesadilla.*

"Venga. Habrá comida buena. Música. Podremos bailar".

"Vale, vale". Ella levantó una mano.

"Bien. Hay que vestir formal".

"Tengo un vestido elegante", mintió. *Que Brooke me preste uno.*

"Serás la más guapa de allí". Él pasó los dedos por sus cabellos. Ella sonrió. Cuando Bruce se ponía encantador, estaba bien estar con él. Un poco.

Él miró su reloj. "Cena con el jefe. Me tengo que ir. ¿Te puedo llevar a cenar a algún sitio mañana por la noche?"

"Seguro, ¿por qué no?"

"Intenta mostrar un poco de entusiasmo, Rory. Lo siento si te hice daño. Fui un estúpido".

"Desde luego", murmuró por lo bajo.

El teléfono sonó mientras Bruce se vestía. Era Mary.

"Hola, Rory, ¿Cómo estás?"

"Um, bien". El calor de la culpa le subía por el cuello.

"Sólo estoy llamando para fijar una cita para el chequeo de Baxter. ¿Puedes traerle mañana?"

"Seguro".

"¿Te viene bien a las diez?"

"Estupendo".

"Hasta entonces".

"¿Quién era?" preguntó Bruce, volviendo a anudarse la corbata.

"La clínica. Fijando una cita para Baxter".

"¿Normalmente llaman a los pacientes?" Se paró para mirarla fijamente.

Ella sintió el calor encendiendo su rostro. "No sé a qué te refieres".

"Es ese tío. El veterinario ese de allí, ¿no?"

"No".

"Tenía que haber adivinado que no estarías sola mucho tiempo".

"Estoy sola. Si te importa saberlo".

"¿Si? Lo machaco. Apuesto que le dejo KO en la primera ronda". Levantó los puños haciendo movimientos de boxeo en el aire antes de abrocharse la chaqueta.

"Para. No es un factor. Soy amiga de la enfermera allí".

"Oh, vale, entonces. Hasta mañana". Se inclinó para darle un beso y se marchó.

Rory se hundió en su sofa. "¿Qué demonios he hecho?"

En la otra punta de la ciudad, Hack se estaba afeitando, preparándose para su cita con Felicia para ir a cenar. Los nervios le hicieron hacerse una herida en la barbilla. Soltando un taco en voz baja, se puso la corbata y la chaqueta antes de dirigirse hacia el apartamento de ella. *Se lo voy a decir esta misma noche.*

"Entra. ¿Te apetece una copa?"

Él miró su reloj. "No tenemos tiempo. Nuestra mesa en Le Mer Bleu es para las siete".

"Esto sólo será un minuto".

Él alzó la mirada. "¿El qué?"

"Tenemos que hablar". Felicia empezó a preparar unas copas en la barra.

Hack la siguió, tomándola del brazo. "¿Qué pasa?" *Oh, dios, lo sabe. ¡Maldita sea!* Se le dispararon los nervios.

"Tengo que hacerte una confesión".

Hack se sentó en el sofa negro de cuero del salón de ella. Se quedó tenso.

"Tu amiguita gordita tenía razón. Estoy buscando financiación para mi colección de moda".

"¿Tienes una colección de moda?" Alzó una ceja.

"Todavía no. No tengo el dinero. Pero tengo un socio para el negocio".

"¿De veras? ¿Por qué no me lo contaste?"

Felicia se sonrojó. "Somos amigos desde hace mucho tiempo. Sé que no estaría bien intentar seducirte para que te casaras conmigo para poder conseguir el dinero. Quiero decir, era más que eso...".

"Sigamos con las verdades. Nunca hemos sido una pareja ideal. Eso tú lo sabes".

"Si. Te gusta la música clásica y a mí el rock. Te gusta lo antiguo. Me gusta lo moderno".

"Correcto. ¿Estabas intentando hacer que nuestra charada fuera real para que yo te financiara tu negocio?"

Ella miró al suelo. "No estoy orgullosa de eso, pero es la verdad".

"¿Por qué no solicitaste un préstamo?"

"No tengo garantía ni nada".

"Estoy seguro de que mi padre te habría dado el dinero".

"No se me ocurrió eso".

"¿Entonces, dónde nos lleva eso ahora? ¿Cuánto necesitas?"

"Ya no lo necesito".

"¿Oh?"

Ella levantó la mirada y se sonrojó aún más. "Mi socio está tan enamorado de mi colección que ha encontrado un inversor".

"Eso es bueno, ¿no?"

Felicia se sacó el anillo de esmeraldas que Hack le había dado del dedo. Rió y evitó su mirada. "Sabes, siempre pensé que Paul era gay. Quiero decir, su gran interés en el negocio de la moda y todo eso. Pero anoche descubrí que no lo es".

"¿Te acostaste con este tío?" las cejas de Hack se elevaron. "¿Después de intentar seducirme?"

"Si". Ella soltó unas risitas.

"¿Qué demonios está pasando? ¿Dónde está la Felicia que yo conocía?"

"Reconozco que he cambiado. He crecido. Sé lo que quiero ahora y voy a por ello. Paul me quería. Es muy sexy. Viste de ensueño".

"¿No lleva khakis desfondados y camisas con botones en los cuellos?"

"No. Pasamos una noche maravillosa. Luego, se me declaró".

"¿Se declaró?"

"Si. Y acepté. Lo siento, Hack. Espero que lo puedas entender".

Hack apenas podía contener su júbilo. *¡No tengo que dejarla, ella me ha dejado a mí!* Se tapó la boca con una mano para ocultar su sonrisa. "Lo entiendo completamente".

"Haré lo que quieras para que la cosa esté bien con tu madre. ¿Crees que debería enfadarme contigo o algo?"

Oh, oh. Mamá. A Papá le va a sentar como un tiro. A lo mejor podemos sustituir a Rory por Felicia y Mamá estará bien con eso. "Gracias. Encontraremos una solución".

Felicia le dirigió una mirada intencionada. "O a lo mejor podrías traerte a la Rellenita y decirle a tu madre que es una versión más gorda de mí".

"No está rellenita. Está bien redondeada, diría yo".

Felicia soltó un ruido de desaprueba. "Lo que sea".

"Te puedes quedar el anillo si quieres. No se lo voy a dar a nadie más".

"Gracias." Se lo colocó en la mano derecha y rebuscó en su bolso. Sacando una caja pequeña de terciopelo, la abrió dejando a la vista un gran anillo de diamantes. "Esto es de Paul". Se lo colocó en el cuarto dedo de su mano izquierda.

"Tiene que ser amor", dijo Hack admirando la joya. *Gracias a dios. Paul, te debo una.*

"¿Quieres que se lo diga a Mary?" preguntó Felicia.

"Oh, madre mía. Mary. Hmm" Hack se chupó el labio inferior un momento. *Mary te odia. Le encanta Rory. Estará encantada.* "No te preocupes por Mary. Ya se lo explicaré".

"Bien. No me gustaría nada verla alterada. Hazlo cuando yo no esté, ¿vale?"

"De acuerdo." Hack apenas podía contener su emoción. *¡Rory!*

"¿Sigues queriendo salir a cenar?" preguntó Felicia. Cambió de postura y desvió la mirada.

¿Podrías hacer que fuese más obvio que no quieres ir a cenar? "No si Paul te está esperando".

"Pues resulta que..."

Hack alzó una mano. "Ni una palabra más. Vete, y vete con mis bendiciones. Estoy tan contento de que esto te esté funcionando".

"Gracias, Hack. Eres estupendo". Le dió un beso en la mejilla y abrió la puerta de su casa.

"Buena suerte. Con el matrimonio y el negocio". Se colgó la chaqueta por encima del hombro.

"Gracias. Lo mismo para ti. Espero que esa chica rellenita siga interesada en tí."

"¿Cómo sabes tú si ella tiene interés por mí?"

"Intuición femenina. Las mujeres sabemos cuando alguien quiere su hombre".

"No pensé que te importaba mucho".

"Claro que me importaba. Me importa. Sabes lo que quiero decir".

"Si, lo capto. Cuídate, Felicia". Hack le dió un beso de despedida y abandonó su apartamento ya un hombre libre. Caminó más deprisa, sintiendo como si hubiese perdido cinco kilos. Su corazón cantaba y no podía dejar de sonreir. Ya se le ocurriría algo para contarselo a su madre. Se fue a casa de sus padres para cenar, anticipando algo bueno para comer y una conversación en privado con su padre después.

Contuvo el aliento cuando le saludó su madre. No preguntó por Felicia y él soltó un suspiro de alivio. Después de terminar de comer, ella volvió a su programa favorito de la tele mientras Hack y su padre se tomaban una copa de coñac en el studio.

"Se ha terminado el noviazgo, Papá". Hack sorbió su bebida.

"Creí que íbamos a esperar hasta que yo tuviera un plan".

"No fue cosa mía. Me ha dejado por otro tío". La sonrisa de Hack se hizo más amplia.

"¿En serio? No tenía la cabeza que yo pensaba, entonces. Bueno, pues no hay nada que puedas hacer para remediar eso. ¿Y la otra chica?"

"Me voy a verla a primera hora de mañana".

Monty Roberts elevó su copa. "Por tí, hijo mío. Todo lo mejor con la chica nueva. Que pronto sea tu nueva novia".

"Brindo por eso", dijo Hack.

En otra parte de la ciudad, Crash, el portero le abría la puerta a Rory y Baxter que entraban en el edificio de apartamentos Wellington en Central Park Oeste.

"Ah, es lunes. Debería haberlo sabido. Señorita Sampson, Baxter", dijo abriendo la pesada puerta de hierro forjado y cristal. "¿La noche de la cena del club, verdad?"

Rory le dirigió una sonrisa y se encaminó hacia el ascensor. Pulsó el botón del piso quince. Cuando pisó el pasillo, Albóndiga, la doguillo de Bess salió disparada, ladrando. Baxter se adelantó a Rory, deteniéndose a olisquear a Albóndiga. Los dos doguillos terminaron de saludarse y luego trotaron dentro del apartamento.

Bess apareció en la entrada, con las manos en las caderas. "¿Qué es esto que oigo sobre el regreso de Bruce?"

"¡Calla, Bess! Lo estás pregonando a todo el vecindario de Upper West Side".

"Entra. Necesito saber los detalles, chica". Bess tiró de Rory hacia dentro. El olor a mantequilla de algo calentándose en el horno hizo que las tripas de Rory se removiesen con ganas. Brooke y Miranda ya estaban allí. Los doguillos de Brooke, Fred y Ginger, estaban luchando con Romeo y Julieta. Baxter persiguió a Albóndiga en las habitaciones más alejadas y los otros perros salieron en carrera tras ellos.

Brooke sirvió un vasito de Moscato para Rory y se asentó en un taburete ante la barra. "¿Qué es esto que oigo del gusano este de Bruce volviendo contigo?" Enarcó una ceja.

"No es un gusano realmente", empezó a decir Rory.

"Eso no es lo que decías hace dos meses".

"Supongo que quería acostarse con otras mujeres. Parece que ha cambiado de idea y ha vuelto para una segunda ronda contigo". Bess se secó las manos con una toalla para secar los platos.

"Algo así".

"¿Y tú le has aceptado?"

"Estoy sola... son vacaciones...". Rory miró al suelo.

"¿Qué ha pasado con ese tío cachas el veterinario?" preguntó Brooke.

"Nada. Sigue comprometido y acostándose con ella".

"¡Vaya! ¿No te ha hecho alguna proposición?" preguntó Miranda.

"No quiero pensar en eso. Bruce sirve para algo. Me hace compañía..."

"Manteniendo tu cama calentita", dijo Bess mientras preparaba una ensalada apetitosa en un gran cuenco de cristal.

"¿Hay algo malo en eso?" Rory preguntó.

Las mujeres se miraron unas a otras.

"Para nada", dijo Bess.

Se rieron.

"Queremos que seas feliz, Rory, pero si este tío te está usando... te volverá a partir el corazón". Dijo Miranda dándole un apretón en los hombros a su amiga.

"Estoy de acuerdo. Estar sola durante las vacaciones es un marrón, pero sólo son unos pocos días y un corazón partido tarda meses en superarse. No vale la pena. Él no vale la pena", dijo Brooke.

"Es difícil negarse".

"Mientras tanto, podrías estar por ahí conociendo el amor de tu vida en vez de ser el recurso para el despreciable Bruce", dijo Bess cerrando la puerta del horno.

"Eso es cierto. No le necesitas. Eres una mujer guapa. Podrías tener cualquier hombre", dijo Miranda.

Rory suspiró. "Pero no el que yo quiero".

"Ea, puedes quedarte con nosotras. Dále la patada al Bruce este, cariño. No le necesitas".

"Si, nosotras estamos aquí. Quédate con nosotras". Brooke propuso un brindis. "Por darle la patada a Bruce".

Las mujeres alzaron sus copas.

Rory empezó a llorar. "Os aprecio. Sois como mi familia. Sé que ligar con Bruce no es lo mejor. ¿Puedo ir a la fiesta de Navidad con él?"

"Lo guardaremos en secreto. ¿Verdad?" Bess miró a su alrededor. Las otras mujeres asintieron con la cabeza.

"Haz lo que tengas que hacer, pero no dejes que te engañe", dijo Brooke tragando un poco de vino.

"Gracias. Sabía que me íbais a entender. ¿Qué hay en el horno?"

"Quiche de setas, ensalada y pastel de chocolate doble", dijo Bess mientras añadía cubiertos para la ensalada. "Todo casi listo".

Rory tragó un poco de Moscato y ayudó a poner la mesa. Cuando Bess sacó el quiche del horno, todas se sentaron.

"A ver que yo me entere bien, Rory. ¿Has vuelto con Bruce pero sigues enamorada de Hack?" Brooke preguntó.

"Algo así. Si.".

"¿Por qué?" preguntó Miranda ensartando un pedazo de lechuga con el tenedor.

"Porque Hack está comprometido. No puedo tenerle. Así que Bruce es la cosa mejor después de Hack".

"Qué bien que él se da cuenta de lo genial que eres", añadió Bess comiendo un poco de ensalada.

"No es así. La sensación es que ha vuelto para el sexo".

Hubo un gruñido por parte de las mujeres.

"Hmm, odio a los hombres que hacen eso. Manipuladores", murmuró Miranda.

"Si. Eres estupenda cuando están calientes pero cuando necesitas algo, están ocupados" dijo Brooke.

"¿Rory?" Preguntó Bess.

"Está claro que es de segunda categoría. Quiero decir que después de Hack, ni punto de compración. Pero es un mal momento para estar sola".

"¿Como que hay algún momento genial para estar sola?" Brooke dijo, riendo.

"Correcto. Eso es. Si no puedo tener a Hack, mas vale Bruce. Es mejor que nada".

"Maldiciendo con leves halagos", murmuró Miranda.

"Entiendo esa parte sobre lo de estar sola. He pasado unas cuantas noches con tíos que no eran tan geniales". Dijo Brooke.

"¿A quién no le ha pasado eso?" dijo Bess de acuerdo con Brooke.

"No te dejes llevar. Este tipo sólo te hará daño", dijo Miranda.

Rory sonrió. *Las tres mejores amigas del mundo. Lo mejor de una familia sin lo peor.* Una cena genial y sus amigas estupendas elevaron los ánimos de Rory. Una nueva fortaleza la embargo y se enderezó en su silla. Luego le llegó un texto. *¿Cuándo voy a dejar de esperar a saber algo de Hack? ¿Cuándo voy a rendirme con lo de él? Nada está pasando con eso y sólo me está poniendo mal pensar en él.*

Te echo de menos. ¿Puedo pasar la noche contigo esta noche?
Bruce

Rory le mandó un mensaje de vuelta con la luz verde. *Mejor pasar la noche con Bruce y su ardor que sola con Baxter.* Después de tres vasos de Moscato, Rory ya no sentía dolor. Se marchó de casa de Bess a las nueve, cantando villancicos de Navidad, con Baxter trotando por delante. Bruce estaba esperando en la puerta de su casa, frotándose las manos por el frío que sentía.

"Siento llegar tarde. Espero que no te hayas congelado", dijo al meter la llave en la cerradura.

"Yo me sé un sitio donde meterlas para que se pongan calientes muy deprisa." Dijo él.

Ella le mostró una sonrisa. "Venga, perro caliente." Abrió la puerta de la entrada y los dos subieron los escalones. Rory empezó a cantar otra vez y Bruce se unió a ella. Él no estaba borracho ni nada. Pero Rory estaba algo tibia. Cuando entraron en su apartamento, ella cayó en brazos de él. Él se puso a la tarea de desnudarla. Baxter se fue a su camita y se quedó dormido, exhausto de jugar sin parar con los doguillos del Club de la Cena.

Bruce hacía el amor bien, pero una vez que ella había sentido cómo era la cosa con Hack, nada le podía satisfacer. De todas formas, Bruce era cariñoso y le mantenía caliente la cama. Habían sido unos meses emocionales y Rory estaba deshecha. Se arrimó a él y se quedó dormida.

Por la mañana, él se zampó un cuenco de cereales y una taza de café antes de escaparse corriendo. Rory no se engañaba a si misma con que esto era un gran amor eterno. Pero él le ayudaba a rellenar el vacío, al menos durante un rato. En el fondo de su corazón, estaba segura que nadie podría ocupar el puesto de Hack Roberts. Suspiró. *La vida sigue. Súperalo.*

Capítulo Diez

Hack se despertó temprano. *Hoy es el gran día. Me declararé a Rory y será mía.* Durante la ducha, su desayuno rápido y café, no podía dejar de sonreir. Cantando "Jingle Bells" por lo bajo mientras paseaba por la calle, pensó en lo que le gustaría regalarle para Navidad. Sentía el gran deseo de que Rory tuviera una gran montaña de regalos este año para compensarla por las Navidades parcas del pasado.

Hack sabía que era amor porque todo lo que podía pensar era en maneras de hacerla feliz. *Me la llevaré a Radio City. Entradas para el teatro también.* Se preguntó cómo estaría Alfred, pero tenía miedo de llamarla y preguntar. Cada noche rezaba porque el doguillo sobreviviese un poquito más.

Se detuvo en los escaparates de las tiendas donde se veían toda clase de cosas preciosas. Hack miró en unas cuantas boutiques de alta categoría vendiendo cosas bellas. La lencería le llamó la atención más de una vez. *¿Negro sexy o rosa femenino? No compres nada hasta que estés seguro de que ella es tuya.* Cierto anillo en la vitrina de una joyería le atrajo. *Es perfecto.* Se rindió, decidió ir a ese sitio justo cuando abriese, antes de que nadie más pudiera hacerse con ese anillo. Tenía un gran diamante en el centro con otro diamante más pequeño a cada lado. La banda del anillo era de oro blanco. No le importó cuánto podría costar. Tenía que conseguirlo.

Llegó temprano a la clínica a las siete y cuarenta y cinco. Mary estaba colgando su abrigo cuando él entró de golpe.

"Vaya, nunca te he visto llegar tan temprano, Doctor".

"Felicia y yo hemos roto. Voy a visitar a Rory hoy, Mary".

"Oh, muy bien. Me estaba preguntando si una vez que la Bruja Mala del Oeste se hubiera ido, si segurías interesado en esa dulce joven".

"Nunca pensé que te disgustaba tanto Felicia".

"Hice teatro en la universidad", dijo ella haciendo un mohin, luego sonrió.

Hack se miró el reloj. "Me tengo que ir ya antes de que ella salga para pasear a Baxter". Se despidió de Mary saludando con la mano y salió por la puerta de la entrada.

Hack ni siquiera se percató del frío en la espalda mientras caminaba rápidamente calle abajo. El calor en su corazón era lo suficientemente caliente como para aislar su cuerpo frente a cualquier viento helado. Tarareando *O Tanenbaum* mientras caminaba dando zancadas largas, en breve recorrió las tres cuadras hasta la casa de ella. Una vez que llegó, Hack se apoyó en el edificio de Rory para recuperar el aliento.

Cuando se acercó a la barandilla, se abrió la puerta del bloque y otro hombre salió volando escaleras abajo, casi chocando con Hack. Un tipo bien ataviado con una cara que le era conocida, se detuvo de repente.

"¿Te conozco de algo?" dijo Hack.

"Hmm. A ver... ¡Si! Me acuerdo. Tú eres el veterinario loco que atropelló a Rory y su perro".

"Loco puede que sea una exageración...".

"Soy Bruce, su novio".

"Eso es. El tipo que no la acompañó al hospital". Hack achinó los ojos. *Rompieron. ¿Qué hace aquí, se le olvidó su corbata favorita en casa de ella?*

Bruce se sonrojó. "Si, bueno. Eso ya da igual".

"¿Qué quieres decir?" Hack se apoyó en la barandilla, una sensación de inquietud en el estómago.

"Porque hemos vuelto". Bruce sonrió ampliamente mirando a Hack.

"¿Qué?" Hack se enderezó. Su corazón empezó a latir deprisa mientras la adrenalina surcaba sus venas.

"Si. Desde hace dos días. Me había equivocado al intentarlo con otra. Una chica frígida. ¿Te puedes imaginar pasar de acostarte con Rory por una chica fría? Bueno, quizás no conoces ese lado de Rory. Es la chica mas caliente del West Side. Fui un idiota".

Sin pensárselo dos veces, Hack le dió un puñetazo a Bruce en el estómago haciéndole caer de rodillas. "Eres asqueroso. No hables de ella de esa manera". La víctima de Hack se quedó dando jadeos intentando recuperar el aliento. "¿Sabe ella que eso es lo que piensas?"

Agarrándose el estómago, Bruce luchó por recuperar el aliento. "¿Crees que soy tonto?" dijo el novio en un gemido. "Puto maniaco", murmuró en voz baja.

"No necesitas saber lo que yo pienso", dijo Hack amenazante.

"Ya lo sé. Ella me habló de ti".

"¿Qué dijo?"

"Que te habían condenado a escribir para ella".

"Oh". Hack se miró los zapatos.

"Pero soy capaz de leer entre líneas. Sé que sentía algo por ti".

"Entonces, ¿qué haces aquí?"

"La cagaste. Me he venido a vivir aquí".

"Si, la cagué. ¿Ella te quiere de vuelta así por las buenas?"

Bruce sonrió, haciendo que Hack deseara darle otro puñetazo. "Tuve que persuadirla un poco. Soy bueno".

Una oleada de nauseas invadió a Hack. *Tuve una oportunidad y la dejé escaper. ¡Qué imbécil soy!* Sus músculos se tensaron, sus manos eran puños. "No me lo creo. Gusanos como tú suelen ser buenos engañando a las mujeres".

"Algunos tipos tenemos lo que hace falta". Hack levantó un puño ante el rostro de Bruce fingiendo un puñetazo. Bruce se acobardó. "¡Eh, tío, ten cuidado!".

"¿Qué vas a hacer ahora?" El calor de la ira surcaba las venas de Hack. *¡La he perdido!*

"Voy a retomar la cosa con Rory. Está citándose conmigo y yo sólo hago exclusivas". Bruce rodeó a Hack y se encaminó acera abajo casi corriendo.

Hack se encogió de hombros. Un pesar le embargó el corazón. *Tiene razón. Es la elección de ella. Ni la suya ni la mía. Yo la tenía, sé que la tenía. Y la dejé escapar. Debí contarle que mi noviazgo era de mentira. Tenía que haberle dicho que la quería. Tenía que hacer, tenía que decir...* Le dió una patadita a una piedra pequeña que le bloqueaba el camino.

La visión de la sonrisa de anticipación de Mary le envió ramalazos de dolor. Levantó la mano una sola vez. "No sigas. Mary. No digas nada". Luego se escabulló a la parte trasera. La cara de preocupación de ella se le quedó en la mente. No dijo ni una palabra aparte del trabajo en todo el día. Se concentró en sus pacientes y se negó a pensar en Rory o en su corazón partido.

La espera de saber noticias de su editor la tenía dando pasos por el suelo toda la mañana. *El correo llega tarde hoy.* Por suerte, su negocio de pasear perros la tuvo corriendo casi todo el día. *Menos tiempo para estar pensando en si me dicen que no.* Las noches eran largas. Cuando Bruce no venía para hacer el amor con ella, no sabía qué hacer y daba vueltas allí en su pequeño apartamento haciendo cosas sin realmente hacer nada.

Para distraerse, empezó a bosquejar otra novela de amor, por si acaso, si por un milagro, a alguien le interesaba sus historias. Rory aprendió otra cosa sobre sí misma—escribir sin Hack era difícil. Su mente estaba hirviendo con tramas para libros de amor, pero todas giraban entorno a un héroe como él. Él era su fuente de inspiración. *¿Quién iba a saber que ese tipo hostil, presumido, engreido y sabelotodo, iba a ser el viento bajo mis alas? Maldita sea.*

Cabezota como siempre, Rory estaba decidida a escribir sin él. Su imagen se quedaba fija en su mente mientras sus dedos tecleaban escena de amor tras escena de amor con un hombre como Hack y una mujer como ella misma. Daba pasos por la habitación y se mordisqueaba las uñas. La frustración le corroía el cuerpo y no tenía ni idea de cómo quitársela de encima o borrarla. Ignorarla no estaba funcionando.

Citarse con Bruce se había vuelto aburrido. Él la sacaba a cenar una vez a la semana y venía a su apartamento para hacer el amor cuatro noches. Nunca se quedaba por las mañanas, excepto los domingos cuando se quedaba roncando como el motor de un camión hasta las once, luego se inventaba una excusa para irse a su casa.

El momento más alegre de la semana era el Club de las Cenas de los Lunes. El único momento cuando ella se reía con Bess, Brooke y Miranda o cuando paseaba con los perros que sacaba. Les contaba tramas de sus historias a los perros mientras los paseaba por Central Park.

Rory no se engañaba a sí misma cuando entraba en el parque. Sabía que estaba buscando a Hack. Cuando hacía buen tiempo bien iba tres o cuatro veces al día. Cada vez, su mirada se perdía por el camino, a esa maldita curva donde él había perdido el control de su bici y había chocado con ella y Baxter. Nunca aparecía, y cada día, no verle, le deprimía más. *Si sólo pudiera tener una nueva vez. Le diría que abandonase a Felicia.... Le diría...*

Las luces brillantes y la música navideña por todas partes entristecían a Rory. No se estaba animando a pasar otras Navidades sola. Bruce se iba a casa de su familia en Connecticut, pero no la invitó a ella. Shirley y Hal estaban pensando en embarcarse en un crucero. Eso significaba que estaría sola. *A lo mejor estará alguna de mis amigas del Club de la Cena.*

Sonó el telefonillo y, como siempre, ella esperaba que fuese Hack. Llegó un mensajero. Brooke había enviado un vestido. Era uno que ya le había prestado en otra ocasión—un vestido de color morado, de terciopelo, sin tirantes y corto. A Rory le quedaba genial. Lo necesitaba para la fiesta de Navidad de Bruce esa noche.

Después de remojarse en la bañera, se puso su albornoz y se hizo una taza de té. Shirley llamó al timbre.

"¿Te apetece un té?" preguntó Rory señalando la tetera.

"Hace tantísimo frío hoy, ¿por qué no?" Shirley se sentó ante la mesita y acarició a Baxter mientras Rory sirvió dos tazas de té.

"Qué rico. Me encanta el vainilla chai".

"Es mi favorito también, especialmente por las tardes".

"¿Qué pasa?" dijo Rory mirando con curiosidad a su amiga.

"¿Te acuerdas del amigo invisible del año pasado?"

"Si." Ella miró de reojo al doguillo de bronce que estaba en la estantería de libros.

"Lo van a hacer otra vez este año".

"Oh, no sé, Shirley. No me siento muy navideña ahora mismo".

"De eso se trata justamente. Por eso lo necesitas. Estoy segura que te animará".

"No tengo dinero para comprar nada".

"¿Y si tejes otra mantita? Son tan bonitas. Sé que estás haciendo una".

"¿Cómo sabes eso?"

"Oigo tu tele en el pasillo a veces. Tejes mientras la tele está puesta".

"¿A tí no se te puede engañar ni por un instante, verdad? ¿Eras un sabueso en otra vida?"

Shirley rió.

"Supongo que tú y Hal vais a participar otra vez".

"Si. Y espero que me toque regalarle algo yo. No se lo digas. Todavía está maravillado que su amigo invisible sabía exactamente qué sabor de café regalarle". Rió la mujer.

"Tienes un poco de enchufe allí. Seguro que te será fácil conseguir el nombre de Hal".

"Si, usaré la misma treta del año pasado—una tarjeta de regalo *Starbucks*. Venga, Rory, estás pasando demasiado tiempo aquí encerrada".

"Bruce viene varias noches a la semana...".

"Si, y ya sabemos para qué", dijo Shirley haciendo una mueca. "Ese perro no es lo que tú te mereces".

"¡Shirley! Me sorprenden tus palabras".

"No soy una viejecita cualquiera, sabes. Me entero de lo que pasa. Tengo ojos... y una imaginación".

Rory sintió el calor en sus mejillas. "Tienes razón. Acabo de terminar de tejer una mantita ayer", dijo para cambiar de tema.

"Enséñamela". Rory sacó la mantita de color azúl celeste. "Preciosa. Un regalo para un amigo invisible perfecto para cualquiera", dijo Shirley.

"¿Vais a estar tu y Hal aquí para Navidad?"

"Nos vamos. Vamos a ir en un crucero".

"¡Qué fantástico!"

"Sería todavía más fantástico si yo supiera que alguien cuida de ti. ¿Dónde está ese veterinario? ¿Doctor Hack?"

Nuevamente la desazón calentó el rostro de Rory. "No quiero hablar de eso. Está prometido. Dejémoslo en eso".

Shirley le dió unas palmaditas en la mano. "No te preocupes, alguien genial aparecerá pronto".

"Si, cierto. Y los caballos vuelan", murmuró Rory.

Cuando Shirley se fue, Rory se sentó delante del espejo y se empezó a maquillar. Quería estar espectacular. *Que Bruce me aprecie.* Pero sabía que no importa lo guapa que se pusiera, Bruce nunca la valoraría hasta que ganara cien mil dólares al año.

Se supone que las fiestas son divertidas. Me lo voy a pasar genial. Se repetía que la comida estaría deliciosa. *Bebidas gratis. Bailar.* Pero no se animaba mucho. Bruce dejándola sola el día de Navidad había sellado su destino con ella. Terminó de arreglarse con una sonrisa un tanto fingida y se subió la cremallera del vestido.

Hack hizo turnos de noche la mayoría de las veces para compensar por el tiempo que había estado ausente escribiendo a máquina el libro de Rory. No tenía donde ir así que eso no le causaba mucho trastorno. Sus colegas con mujeres y niños se lo agradecían. Mary también trabajaba tarde. Cuando estaba todo tranquilo, se tomaban un café y charlaban. Mary era empática y bondadosa. Le llamaba la atención lo mucho que singificaba para él la comprensión de ella.

Siempre había tenido todo lo que quería. No quería tener ninguna chica. Ligaba. Siempre tenía una cita cuando la quería, o una chica para la cama también, Hack había sido el soltero de oro prototípico. Ahora estaba suspirando por una mujer totalmente fuera de su círculo social y se regañaba por su debilidad.

Supéralo. Encontrarás a otra. Pero su corazón quería la mujer ocurrente, de lengua afilada y sexy y nada menos que eso era suficiente para él. *Está tomada y tú eres libre. Es una pena. Sé como se habrá sentido si es que sentía algo por mí. Se acostó conmigo. Pero, ¿eso significa amor? Quizás no.*

"¿Estás tan seguro que Rory está comprometida con ese tipo, Bruce?"

"Él salía de su apartamento a las ocho de la mañana".

"¿Quizás se le olvidó algo?"

"Buen intento, Mary. Ella se acostó con él".

"¿Cómo lo sabes?"

"He leido sus escritos. No es precisamente una puritana virginal".

La puerta se abrió y entraron otros dos pacientes, interrumpiendo la conversación de Mary con Hack. El veterinario y su ayudante estuvieron ocupados durante la siguiente hora. Él miró su reloj. *Las siete de la tarde. Ningún sitio dónde ir ni nada qué hacer.*

"Mary, puedes marcharte. Vamos a cerrar dentro de media hora".

"Me estás decepcionando". Mary le dió la espalda mientras recogía sus cosas.

"¿Por qué?"

"Estás dejando que ese tipo se quede con tu chica y ni siquiera estás peleando por ella. No es típico de ti rendirte".

"Es elección de ella Mary. Ella sabe dónde encontrarme".

"Por cierto, mañana viene con Baxter para un chequeo. ¿Quieres verla o programo la cita con otro veterinario?"

"¿Viene aquí? La veré". Su pulso se aceleró y sentía chispazos en los dedos.

Mary afirmó con la cabeza. "Es lo que me pensaba". La mujer dejó escapar un suspiro. "Eres decepcionante, Hansen Roberts. No tienes agallas. Valor. Espíritu competitivo".

"Respeto Mary. Respeto por su decisión". Mary terminó de guardar sus cosas, le dijo buenas noches y se marchó. Hack se arrellanó en la sala de espera y puso los pies descansando en la mesa de la salita de espera y abrió una cerveza. Después se tomó otra y luego otra más.

Al cabo de la tercera cerveza, Hansen Roberts se había crecido. Se puso en pie y dió zancadas en la salita de espera, hablando solo. "Mary tiene razón. Debería intentarlo. ¿Por qué debo dejarme caer y hacerme el muerto y dejar que ese mierda de Bruce se quede con mi chica?"

Se lavó la cara y las manos. "Si no hago algo, puede acabar casándose con él. Oh dios mío. Mierda. ¿Qué demonios? No, no puede casarse con él. ¡Se tiene que casar conmigo!"

Su corazón latía fuerte mientras el pánico se apoderaba de él. Caminó por la sala más deprisa. Dio saltitos en el aire. Nada le ayudaba. La ansiedad crecía en sus venas y visiones alarmantes de Rory vestida de novia acercándose a Bruce al altar aparecían ante sus ojos.

Se colocó un sombrero, su abrigo y cerró la clínica. En vez de girar hacia la derecha hacia su casa, giró hacia la izquierda, dirigiéndose al apartamento de Rory.

Eran las ocho de la noche clavadas. La noche era oscura pero las luces de las farolas alumbraron su camino. El aire frío de la noche le hizo superar la borrachera. *¿Qué estoy haciendo. Yendo a por la mujer que amo.* Encajó la mandíbula y alargó las zancadas para llegar aún más rápido. Cuando llegó a la manzana donde vivía ella, se detuvo en seco. *¡Allí está!* Se quedó parado y la miró detenidamente mientras se acercaba despacio.

Rory estaba en los escalones de arriba, guapísima y toda arreglada. Escuchó el ruido de sus tacones bajando los peldaños de piedra. Bruce estiró una mano hacia ella. Ella la tomó sonriéndole. Él colocó su otro brazo entorno a su cintura. Hack no estaba lo suficientemente cerca para poder oir las palabras que Bruce susurraba a su oido.

Bruce sostuvo a Rory y la besó apasionadamente. Cuando se separaron, él miró calle abajo antes de bajar del bordillo. Hack se retiró en la oscuridad para seguir espiando sin ser visto. *¿Dónde va toda arreglada con tacones y un abrigo elegante?*

Bruce levantó un brazo y se paró un taxi. Ayudó a Rory entrar al vehículo. La puerta se cerró de golpe. El sonido rompió su corazón en un millón de pedacitos, comos si estuviese hecho de vidrio. Los dos se iban a pasar una noche por ahí. Ella parecía estar feliz. Estaba sonriendo. De repente la energía de Hack se agotó y casi no podía dar un solo paso.

Un taxi se detuvo delante de él y se bajó un pasajero. Hack se metió y le dijo su dirección. "Tío, eso está sólo a cinco cuadras en esta dirección", dijo el taxista señalando.

"Lo sé. Por favor, lléveme hasta allí". El hombre hizo un gesto con el hombro, bajó el taxímetro y se puso en marcha. *Se ha acabado. Terminado. Él gana. Yo pierdo.*

Rory se despertó a las siete con un dolor de cabeza. *Resaca y tarde. Maldita sea.* Se puso un chándal, se zampó un cuenco de cereales, se tomó dos pastillas de ibupofreno y se dispuso a sacar a sus perros de las ocho. No había rastro de Bruce en el apartamento. *Como un atropello sin auxilio. Un asesino de serie. No deja ni rastro.*

Yendo de estar contenta de que él no estuviera e irritada de que no estuviera, empezó su día de malhumor. Casey, el sabueso que vivía a dos cuadras, era su primer cliente. La mirada triste de perro era el reflejo perfecto de su estado anímico. Hacía frío y Rory estaba demasiado cansada como para llegar hasta Central Park. *Hack no estará allí otra vez y me sentiré peor. Hoy no voy.* Alargó el paseo un par de cuadras más en dirección Norte y una al Oeste para que el perro recibiera el ejercicio que necesitaba.

Mientras volvía a su casa, se acordó de la cita de Baxter con el veterinario. *¡Jolín! Voy a ver a Hack hoy. Maldita sea, no estoy para eso.* Se prepare dos huevos fritos y se sentó a comer. Un día más hasta Nochebuena. *Tengo lo del amigo invisible mañana, luego Shirley y Hal se van mañana por la noche.*

Se encogió por dentro pensando en sus recuerdos de Navidad a solas en Nueva York. La ciudad que nunca duerme se detiene totalmente el día de Navidad. No sale nadie excepto unas pocas personas para pasear a sus perros. Recordó lo sonoro del silencio con sólo el ruido de sus botas en la acera o entre la nieve recién caída. Suspiró mientras le puso el arnés a Baxter. La pesadumbre le embargó el corazón al pensar que pasaría ese día a solas.

La caminata de tres cuadras parecía más larga. *¿Es porque tengo resaca o es porque voy a ver a Hack?* El tintineo de las campanitas en la puerta de la clínica le recordó el villancico navideño de Jingle Bells.

"Hola, Mary".

"Rory, qué alegría verte. Y Baxter. ¿Cómo estás, amiguito?" Mary se agachó para darle un caprichito al doguillo. Él perro se lo zampó y luego intentó retroceder fuera del edificio.

"No, Bax. No pasa nada. No son inyecciones o nada hoy. Sólo un chequeo".

Hack salió de la parte trasera vestido con su bata blanca y con un portapapeles en la mano.

A Rory se le quedó el aliento en la garganta. *Está más guapo que nunca.* Se le hizo un nudo en la garganta y se le quedó la boca seca. Él miró hacia arriba y su mirada conectó con la de ella. Ella le deseaba. Quería tocarle, besarle, rodearle por la cintura con sus brazos. Necesitaba perderse entre sus brazos. Dejarle hacer que todo estuviera bien.

Una mirada hambrienta brilló en los ojos de él durante un instante antes de volver a su actitud professional. "Hola, Rory. Baxter". Dijo.

Ella afirmó con la cabeza ya que no encontraba las palabras. Hack tomó la correa de Baxter rozando su mano con la de ella. La sacudida eléctrica que subió por el brazo de ella casi la tira al suelo. *Química.* Hack les guió hacia la sala de examen. Tocó una pata de Baxter, le miró los oidos y la dentadura y no dejó de hablar todo el tiempo, preguntando preguntas sobre el perro. Ella contestaba con monosílabos. *¿Cómo podía atreverse a ser tan guapo? La señorita gomita del pelo le estará cuidando bien.*

De repente, volvió a escuchar, era como cuando sus oídos se bloqueaban en un avión. ".... Buen aspecto".

"Si. Gracias". Se dió la vuelta para marcharse, pero la mano de él en su brazo la detuvo. El calor de su mano casi le quema la piel de ella.

"¿Tienes un minuto?"

Para tí tengo toda una vida. "Si. ¿Qué pasa?"

Él toqueteaba el estetoscópio colgando de su cuello y miró al suelo. "Quería hacerte una pregunta personal".

"Adelante". Silencio. Ella cambió de postura.

"¿Qué te parecería a tí una pequeña mentira? ¿Una mentira piadosa?"

"¿Cómo de pequeña?"

"Depende de tu punto de vista".

"¿De tí para mi? ¿De qué estamos hablando aquí?" Ella le miró directamente.

"No importa. No sé lo que estaba pensando... da igual. Estás tomada. ¿Así que qué más da?"

"¿Qué? ¿De qué diferencias me estás hablando?"

"Olvidalo".

"No quiero olvidarlo. ¿Estoy tomada? ¿Tomada por qué?" Ella agarró la manga de su bata retorciendo el tejido en el puño.

"No importa. De verdad. Baxter está muy bien. Tienes buen aspecto..."

"Quiero saber lo que ibas a decir".

Hack abrió la boca pero no salieron palabras.

Mary entró de golpe. "Emergencia, Dr. Roberts," dijo en un tono frío y eficiente. "Pelea de perros".

Hack salió disparado, empujando la puerta y encaminándose a la sala de espera. Baxter empezó a ladrar mientras Rory le seguía. Escuchó gritos y lloros mientras tres perros se ladraban y mordían, produciendo sangre. Uno dió un alarido y se sacudio.

Con la ayuda de dos ayudantes veterinarios, Mary guió a todos los otros pacientes esperando sus citas hacia afuera. Rory agarró el collar de Baxter mientras el perro seguía ladrando, haciendo esfuerzos por unirse a los perros que peleaban. Ella le arrastró fuera por la puerta de la entrada.

"¿Qué ha pasado, Mary?"

"Todo estaba tranquilo hasta que entró el pitbull. El chow le gruñó y el pitbull se lanzó. Luego se metió en el berenjenal el pastor alemán y luego era salvese quién pueda. Creo que los dos primeros tienen un mal historial".

"Horrible".

"Creo que dos dueños también recibieron un mordisco. Tengo que volver", dijo Mary entrando en la clínica.

El caos reinaba mientras los veterinarios intentaban apartar los perros. Rory se preocupaba por Hack que estaba en medio del fregado. Se mordisqueó el labio inferior, mirando desde afuera mientras los dos doctores lograron separar los perros. Uno por uno los animales fueron separados y apartados en salas de exámen privados y se cerraron puertas. Los ayudantes limpiaron la sangre. *Espero que no esté herido. No es responsabilidad mía.* Rory se dirigió hacia su casa.

Cuando dobló la esquina, se fijó en un hombre rubio recostado frente a los escalones de su casa.

"Bruce. ¿Qué haces aquí?"

Capítulo Once

"Vaya recibimiento para el tío que viene a desearte Felíz Navidad. Ho ho ho y todo eso. Ven, siéntate en el regazo de Papá Noel. La oficina ha cerrado temprano hoy. Mi tren para Shelton no sale hasta las cuatro. Así que, pensé que me acercaría para un poco grata compañía de despedida", dijo Bruce.

Los ojos de Rory se agrandaron. Intentando disimular, miró por detrás de él y no vió ningún paquete, caja o bolsa de la compra.

"Estamos perdiendo el tiempo. ¿No has oído hablar de sexo navideño?" Rió ante su propia broma mientras Rory metía la llave en la cerradura.

"No soy una máquina para hacer sexo, Bruce". Le costaba un esfuerzo alzar los pies para subir los peldaños. Bruce iba tarareando un villancico mientras la seguía. *¿No hay un regalo de Navidad y lo único que quieres es sexo? Me parece a mí que no.*

Cuando llegaron al apartamento, Rory abrió las ventanas un poco para que entrara aire fresco. Bruce se quitó el abrigo y abrió la nevera. Sacó una cerveza y la abrió. Luego, se aflojó la corbata y se quitó la chaqueta.

"Hoy no es el mejor día para mí..." empezó ella.

Él se sentó en el sofa y descansó los pies en la mesita de café. "Ah, es que tienes la regla, ¿no? No pasa nada."

No, pero a tí no te voy a decir eso. Se dirigió al armario y sacó un paquete blando. Se fue al sofa donde estaba él. "Feliz Navidad:" El papel crugió cuando ella se lo entregó.

"Vaya, Rory. No tenías que haber hecho esto. Yo te habría comprado algo, pero tengo una familia muy grande. Enorme. Y me he quedado sin blanca comprándoles cosas".

Ignorando esta afirmación, ella siguió. "Ábrelo".

Él desgarró el papel y sacó una gorra tejida a mano en color azúl marino y una bufanda haciendo juego. Él palpó la lana suave y la miró. "Vaya, esto es muy bonito. ¿Los has hecho tú?

"Si. Los hice yo".

"Genial. Seguro que te llevó mucho tiempo. Es sólo que... Bueno, yo no llevo este tipo de cosa. En realidad, yo no llevo sombreros. Nunca. Pero lo guardaré por si hace mucho frío. Gracias".

Miró su reloj de pulsera. "Tengo tiempo para acabarme esta cerveza. Hay algo que se me ha olvidado hacer antes de marcharme".

Ella no podía respirar. Su cuerpo luchaba con rabia y dolor. El picor tras los ojos singificaba que llegaban lágrimas, pero ella se negó a ceder. *No voy a dejar que me vea llorar.*

"¿Puedo esperar a verte para algo rico cuando vuelva?"

"¿Cuando?"

"Justo después de Nochevieja. Tengo que estar de vuelta el dos de enero".

"¿Después de Nochevieja?" *Joder. ¿No vamos a salir para Nochevieja?*

"Si, mi hermano y su familia vienen de San Francisco y mi madre quiere que celebremos todos juntos. Te echaré de menos, Rory". La rodeo con un brazo y la acercó hacia sí para un beso. Ella puso la espalda rígida. "¿Estás bien?"

"No, realmente, no estoy bien. Estoy cansada de ser tu descanso del guerrero, Bruce. No soy lo suficientemente bien para conocer a tu familia o incluso pasar Nochevieja contigo". Las lágrimas de dolor empezaron a aparecer. "Me tratas como una mierda y me he hartado. Esto se ha terminado. No vuelvas, no vuelvas después de Nochevieja.... Ni nunca."

Él se detuvo para dares la vuelta y mirarle la cara. "¿Qué demonios me estás diciendo?"

"Me estás utilizando. No me gusta eso. Se ha acabado. Búscate otra mujer conveniente para tener sexo. No sere yo".

"Pero, corazón...".

"No me vengas con eso. Tú y tu boquita de palabras bonitas, basura. Todo es sobre ti. Te importa una mierda lo que me sucede a mí. Nunca te he importado. Siempre intentando cambiarme. No te enteras de qué voy yo. Pero mientras me acueste contigo, te da igual. Bueno, pues eso se ha terminado. Vete y no vuelvas".

"Pero... pero...".

Le empujó por la puerta abierta y le dió un portazo en sus narices. Parpadeando rápidamente, sonrió. *Vaya, eso estuvo bien. El Club tenía razón. Bruce es un gusano que sólo le interesa el sexo.*

"¡Te arrepentirás! Nunca lo tendrás tan bien como conmigo", dijo él en voz alta.

Rory contuvo el aliento, hasta que escuchó pisadas iracundas bajando los peldaños a trompicones. Soltó el aire en una larga exhalación.

Eso es maravilloso. Ahora, estoy sola durante las vacaciones. Estoy mejor sin él y él no iba a estar aquí de todas formas. Como dijo Brooke, sólo son un par de días. Sobreviviré.

Un alivio le hizo sentir como que había perdido peso instantáneamente. Durante un momento, surgió en ella una sensación de control y fuerza. Baxter ladró. Rory miró por el pasillo para asegurarse de que Bruce se había ido. Una punzada de soledad le penetró el corazón. La puerta de Shirley y Hal se abrió un poquito. Se le llenaron los ojos de lágrimas por el trato tan humillante que él le había dado.

"¿Estás bien?" preguntó Hal.

Ella sacudió la cabeza. Él hizo un gesto hacia Shirley y los dos siguieron a Rory a su apartamento. Baxter saltó para ser acariciado. Hal le pasó una mano por el lomo.

"¿Qué ha pasado? ¿Ése era Bruce?"

Ella afirmó con la cabeza. Era como si le hubiesen dado un golpe y se quedó sin aliento. No podía hablar. Hal se sentó. Shirley encendió el fuego bajo la tetera.

"Huy. Lo siento, Rory. No ví esto. Estaba entre los cojines," dijo Hal sacando la gorra aplastada y la bufanda que le había tejido Rory para Bruce. *Se lo dejó. Te dijo que no lo quería. ¿Por qué hice algo tan tonto para él? Tenía que haberme dado cuenta de que no le iba a gustar.*

El dolor de esa última afrenta le hizo rebasar su control. Dejó de contenerse y se abrieron las compuertas del pantano. Rory se hundió en el sofa y sollozó. Ocultándose la cara con las manos no impidió que Shirley y Hal fuesen testigos de su angustia.

Hal la atrajo hacia sí para abrazarla y le dio palmadas en la espalda. "Lo siento, nena. Creo que no lo he dañado. No tenía intención de sentarme encima. Es que no lo vi."

Ella luchó para recuperar el control. Shirley le entregó una caja de pañuelos de papel del baño. La barbilla de Rory temblaba, su voz estaba entrecortada. "No es la gorra, Hal." La humillación de tener que reconocer la frialdad de Bruce le sobrecogía. Una nueva riada de lágrimas surcaron sus mejillas.

"¿Qué es? Rory, cuéntanos".

Respirar hondo tres veces fue suficiente para calmarla momentáneamente. "Hice eso para Bruce como regalo de Navidad".

"Estoy segura de que volverá a por esto".

Rory sacudió la cabeza lentamente. "Lo dejó aquí a propósito. No lo quería".

Sus amigos no estaban de acuerdo. "¿Quién no querría algo hecho con amor? Es precioso. Elegante, perdona que te diga", dijo Hal.

"No va a volver. Le he echado".

"Muy bien hecho, niña. Es despreciable", dijo Shirley poniéndose en pie para apagar el fuego de la tetera. Sirvió tres tazas de té Earl Grey. Rory encontró reconfortante el olor aromático de la bebida. Se tranquilizó. Shirley sacó un pequeño pedazo de papel del bolsillo. "Mira lo que tengo. He estado intentando pescarte desde hace dos días, pero has estado entrando y saliendo y nunca he podido dar contigo".

"¿Qué es eso?"

"La persona de tu amigo invisible".

"Oh no, Shirley. No tengo dinero o tiempo para ir de compras".

"Están repartiendo regalos del amigo invisible mañana. ¿Adivinas quién he elegido para tí?"

Rory le interrogó con la mirada mientras abría el papel. En grandes letras negras ponía la palabra *veterinario*. Ella inhaló, tapándose la boca. "¿No será?"

Shirley afirmó con la cabeza. "Oh, si que lo es. Me aseguré de que lo fuera".

"Yo no sabía que Hack hacía esto. ¿Cómo conseguiste su nombre?"

"Se ve que el párroco que se encarga de esto es un adicto al café", dijo Shirley intentando no sonreir.

"¿Sabes si Hack ha hecho esto antes?"

"Oh, si. Nosotros conocemos al Dr. Roberts. ¿Te acuerdas de Chico? ¿Nuestro grifón belga?"

"Era encantador", dijo Rory.

"El Dr. Roberts era nuestro veterinario", dijo Shirley.

"¿Así que habéis conocido a Hack desde hace mucho tiempo?"

"Si. Un gran hombre". Shirley bebió un sorbito de su té.

"Muy compasivo cuando se murió Chico", añadió Hal.

"Conocerle es quererle", dijo Shirley con un brillo en la mirada.

"Venga", dijo Hal. "Te vamos a llevar a cenar".

"Dadme un minuto. Se me tiene que ocurrir un regalo para mi persona del amigo invisible". Rory sonrió por primera vez en todo el día.

"Nos vemos en la entrada en media hora", dijo Shirley. Los dos se levantaron y se marcharon.

Rory no soportaba ver la gorra y la bufanda. Ya había decidido que los regalaría al primer sin techo que viese por la calle. Miró a su alrededor en el apartamento en busca de un regalo especial. *¿Tengo algo lo suficientemente bueno, especial para Hack? Es rico. Tiene de todo.*

Bebiendo su té, su mirada descansó en el pequeño doguillo de bronce. *¡Eso es!¡Perfecto!* Lo bajó de la estantería y lo acarició unas cuantas veces antes de envolverlo en papel de regalo dorado.

"Adiós, pequeño Abrazos. Llévale amor a Hack". Todavía le quedó tiempo para enjuagarse la cara y cambiarse de ropa. Hal y Shirley le estaban esperando. Baxter ladró cuando se fue. Rory se agachó para rascarle tras las orejas.

"Está bien, Bax. Vuelvo dentro de un rato. Pórtate bien". Le besó la cabecita y luego cerró la puerta y echó la llave.

Cuando llegaron abajo, Hal se volvió hacia la parte trasera de la portería del edificio. "¿Paquetes? Es Navidad, ya sabéis."

"Nada ahí para mí", dijo Rory con un poco de desprecio.

Las dos mujeres esperaron unos dos minutos hasta que Hal volvió con un sobre delgado de tamaño folio. "Viene con tu nombre, Aurora Sampson".

Rory tomó el sobre y leyó el remite. *¡Mamá!*

"¿Quieres abrirlo ahora?" preguntó Shirley.

"Espera que lleguemos al restaurante. Me muero de hambre", dijo Hal.

Rory sentía que se acercaban lágrimas nuevas, pero siguió a sus amigos. Se pararon en la iglesia para dejar el regalo de Rory para el amigo invisible y luego siguieron hasta su restaurante italiano favorito, La Vela, a la vuelta de la esquina. Las luces de fiesta que adornaban las ventanas y que colgaban de las paredes animaron a Rory.

Después de que llegara el vino, Rory sacó su regalo. Era un sobre amarillo acolchado con un DVD de la película, *Holiday*

Inn, dentro. Esta era la película de Navidad favorita de su madre y ella la había visto con Rory todos los años.

La tarjeta decía—

¿Te acuerdas de esto? Yo si. Te echo de menos, nena.
Besos, Mamá

Cuando era una adolescente, Rory le había dado mucha guerra a su madre sobre ver la misma película una y otra vez, de manera que la tradición se había evaporado. "Me encanta esta película," dijo. "La veía con mama. Es su película favorita".

"¡Qué estupendo! Qué regalo más genial". Dijo Shirley. Calor entró en el corazón de Rory. El regalo había aportado una conexión con su madre que no había sentido en mucho tiempo. *Un DVD no es una cosa cara y el franqueo es barato. Especialmente una película antigua como ésta. Muy buena idea, Mamá.*

Rory se empezó a animar. Disfrutó de una buena cena con sus amigos y se aseguró de no olvidarse de la película que le había mandado su madre. Rory tenía la idea de llamarla para darle las gracias. Baxter la recibió cuando abrió la puerta. Ella le sacó a pasear y se arrellanó con un poco de pastel y palomitas para ver la película. Cuando se acabó, tomó su teléfono móvil.

"Mamá. Adivina qué acabo de ver."

La mañana del día de Nochebuena era más cálida que de costumbre. La nieve leve de de la semana precedente empezó a derretirse bajo el sol de invierno. Debido a todas las horas largas que había estado trabajando, Hack se tomó el día libre. Se fue a Central Park a correr. Habían pasado tantas cosas que necesitaba aclarar sus ideas y el aire fresco y frío del parque era la medicina perfecta para eso.

Caminó hasta el camino donde normalmente iba en bicicleta. Todavía había hielo derritiéndose, de manera que tuvo cuidado y empezó lentamente. Los troncos de los árboles, oscurecidos por la humedad de la nieve, sobresalían de una manera bella del suelo. Los árboles estaban pelados y había pocos arbustos. Corrió dejando atrás la estatatua de Romeo y Julieta y entorno al Gran Césped. Era temprano así que no había mucha gente fuera de casa con sus perros correteando sin correa.

Después de una carrera corta, se detuvo en la Casa de Barcas para desayunar. Ahora ya eran las ocho de la mañana. La iglesia no abría hasta las nueve. Quería estar allí para ver a Rory recoger su regalo del amigo invisible que era él.

Mientras comía, se acordó del encuentro fortuito en Starbucks del año pasado con Shirley Maven, una antigua cliente de la clínica. Ella le había hablado de lo del amigo invisible de la parroquia. Él sonrió al recordar cómo le había convencido ella. "Quizás puedas conocer a una mujer jovencita," había dicho. Él la había acompañado a la iglesia y ella le había ayudado a elegir un nombre. Todo el tiempo él había pensado que era un nombre al azar.

Cuando fue a casa de Rory la primera vez y vió el doguillo de bronce que él había comprado para su regalo del amigo invisible, se sorprendió. Luego se enteró que Shirley vivía al lado y se dió cuenta de lo que había sucedido. Ese momento fue la primera vez que tuvo verdadera empatía por Rory. Una parte de él estaba orgullosa de que había sido él la persona que significó algo para ella esa Navidad, incluso aunque sólo había sido un pequeño gesto anónimo, algo que apenas sería percibido por la mayoría de la gente. Significó algo para ella.

Se acordó de la manera tan descarada que tuvo de decir una y otra vez qué regalo más adecuado, qué perfecto, qué detalle, hasta que Rory comentó "estás tan ocupado diciendo cosas sobre la persona que regaló esto, que casi sospecharía fue fuiste tú... Si no te conociese mejor." Eso le había parado en seco. Se calló para que ella no pudiera adivinar. Esto era un secreto feliz que él le había ocultado.

Ahora estaba preparado. Preparado para admitir la verdad de su noviazgo fingido con Felicia. Confesarlo. Contárselo todo y recibir sus reproches. Esperaba que ella lo pudiese entender y perdonarle. Pensó que no sería peor que cómo estaba si ella no le perdonaba, y se sentiría mucho mejor si lo hiciese. Bebió su café a sorbitos, imaginándola dando saltos de alegría al enterarse de que él ya era libre. Libre y enamorado de ella. Preparado para comprometerse con ella, deseando pillarla y marcarla como suya y tenerla a su lado para siempre.

La otra cara de esa moneda, ella horrorizada porque él le había mentido, humillada de que él le había dejado decir cosas sobre su noviazgo y su novia. Furiosa porque no se podía fiar de él diciendo la verdad. Sin querer cruzar la calle con nadie tan falso como él. Sus pensamientos le hicieron fruncir el ceño. *Para bien o para mal, arriba o abajo, tengo que saber a ciencia cierta y tengo que saberlo ahora.*

Volvió a casa corriendo, se duchó, envolvió regalos para su familia y luego se acercó a la iglesia.

"Padre, puedo quedarme aquí hasta que venga la Señorita Sampson a por su regalo?"

"Por supuesto, Dr. Roberts. ¿Por qué no se sienta aquí dentro? Yo le hago una señal cuando ella entre."

Las palmas de las manos de Hack empezaron a sudarle y no podía quedarse quieto en su asiento. Cambió de postura, luego se cruzó de piernas, las puso rectas y luego las cruzó de nuevo. Nada funcionaba para calmarle. Miró su reloj por enésima vez. *Mediodía. Ha terminado de pasear los perros. ¿Dónde está?*

"Padre, ¿a qué hora dijo que se termina el intercambio de regalos?"

"A la una."

"Una hora más." Hack empezó a andar dentro de la iglesia.

"Está bien quedarse aquí dentro, Doctor, pero no puede caminar dentro de la iglesia. Molestará a las personas orando."

"Pero no hay nadie aquí."

"De todas formas. Dentro de la capilla no se puede." Hack salió por una puerta lateral.

"Tenga, Hack," dijo el párroco, ofreciéndole un pequeño paquete. "Esto es de su amigo invisible. A lo mejor le distrae no pensar en la joven." Hack se sentó en un palco y tomó el pequeño objeto. Lo colocó en la palma de la mano y movió la mano arriba y abajo. *Hmm. Algo que pesa.* Le quitó el adhesivo y desenvolvió el paquetito.

No podía creer lo que veían sus ojos—el doguillo de bronce que había regalado a Rory. *¿Sabía ella que me lo está dando a mi?* Hack siguió al párroco hasta la puerta de la entrada. "¿Este amigo invisible sabía que soy yo la persona que recibe esto?"

El sacerdote rió suavemente. "¿Tú qué crees?"

Hack sonrió. Un calor inundó su corazón.

La puerta se abrió. Rory entró y saludó al párroco McHugh. Hack se ocultó en las sombras, lentamente entrando en la capilla pero deteniéndose en la entrada.

"Aquí tienes, hija. Felíz Navidad." Le entrego una caja pequeña envuelta en papel rojo.

"Gracias. Usted debe ser un gran amante del café," dijo ella riendo un poquito.

"Lo soy, pero estos vales no son para mí."

"¿Entonces quién?"

"Los envolvemos y los colgamos en nuestro árbol para entregar a las personas necesitadas que vienen a nuestra cena de Navidad. Papa Noél y el Señor hablan mediados por *Starbucks*," dijo sonriendo.

"No tenía ni idea. Eso es... precioso." Ella movió la cabeza y luego fijó la atención en el regalo descansando en la palma de su mano.

Al fondo, Hack contuvo el aliento. Escuchó el crujir del papel de regalo desgarrándose y se le paró el corazón. Luego se dio cuenta. *¡Demonios! Será mejor que salga de aquí.* Se escabulló por un lateral y se fue hacia el Starbucks en la calle Setenta y Seis y Columbus. Pidió su latte y se sentó en una silla que daba a la ventana. Echandose hacia atrás dirigió la mirada hacia la acera. *No puedo esperar a ver la mirada de sorpresa en su cara.* Se rió hacia sus adentros pensando en lo listo que había sido.

Hack terminó su latte y todavía no aparecía Rory. Miró su reloj. Era la una y media. Luego las dos y todavía no llegaba Rory. Tirando su café vacío en el cubo de la basura, lleno de asco, tuvo que reconocer que su plan había fallado. Dejó la cafetería y se dirigió hacia la iglesia. El Padre McHugh estaba barriendo los escalones de la entrada cuando él llegó. Hack se paró.

"¿Qué pasó, Padre?" el cejo de John McHugh se frunció. Le echó una mirada iracunda a Hack. "¿Qué clase de plan era ese? Yo pensé que había algo especial en esa cajita."

"Lo había. Una nota diciéndole que me esperara en Starbucks."

"Ella le dió un vistazo a esa nota y se enfadó. Me acusó de ayudar y fomentar a pervertidos. Dijo que todo el programa del Amigo Invisible era una porquería. Dijo que no iba a reunirse con ningún pervertido sexual en Starbucks o en cualquier otro sitio. Se marchó enfadada."

"Oh, dios mío." Hack sacudió la cabeza. "Tenía que haberme dado cuenta."

"Tenías que haber firmado ese maldito papel... oh, perdón."

"Quería mantener el misterio usando una firma de Amigo Invisible."

"¡Vaya misterio! Le rogué y pedí que aceptara."

"¿Le dijo quién era?"

"Me dijiste que no dijera nada, so pena de muerte".

Hack se llevó las manos a la cara. "Me la cargué... maldita sea. Oh, lo siento, Padre".

"Desde luego que si. Se te prohibe participar en regalos futuros del Amigo Invisible. Tendrían que examinarme la cabeza por seguir con esta tontería. ¿Por qué no le pides la mano a esa chica y nada más?"

"Tengo que contarle algunas cosas. Confesiones".

"Fenomenal." Frunció el entrecejo. "Que me libren de personas enamoradas. Tienen las seseras fritas".

"¿Dijo ella a dónde iba?" preguntó Hack con una leve esperanza en la voz.

"¿Estás bromeando, verdad? Estaba tan airada que ni siquiera dijo adiós".

"Ésa es Rory".

"Déjame fuera de tus planes de futuro ¿vale?" Se volvió dándole la espalda a Hack y entró. Hack se sentó en los escalones. *¿Dónde demonios se habrá ido?* De repente se puso en pie y echó a correr.

Rory sintió una gran decepción. *Me esperaba algo bonito, ¿quizás de Hack? Sé que es una tontería. No soy una niña pequeña. Pero una pequeña sorpresa, como el año pasado... no está sucediendo. Maldita sea.* Se paró en la delicatessen para tomarse una taza de té.

Después de sentarse en un banco en la Avenida Columbus, bebió lentamente su bebida humeante y pensó sobre su vida. *Me pregunto si Hack recibió mi regalo. ¿Se dará cuenta que es de mi? Claro. No seas estúpida.* El solo de invierno no la recalentó tanto como su bebida caliente pero el frío helador había dado lugar a un clima más benigno. Las temperaturas había subido bastante, algo muy infrecuente en Nueva York en diciembre.

Como hacía a menudo cuando se sentía enfadada o triste, Rory se refugió en Baxter. Volvió a casa para un gran recibimiento, húmedo y ruidoso de su doguillo. "Venga, chico.

Necesitamos un poco de ejercicio." Le colocó su correa y salieron hacia Central Park. "No van a estar poniendo multas el día antes de Navidad, Bax. Vas sin correa, chico. Feliz Navidad".

Abrió su móvil y llamó a cada una de las amigas del Club de la Cena. Brooke y Miranda estaban ocupadas con sus familias. Bess estaba preparando una cena para las personas de su programa de televisión.

"¿Por qué no te unes a nosotros?" le preguntó Bess.

"No, no. Es una fiesta privada. No conozco a nadie, y—"

"No seas tonta. Vénte. Hay un par de tipos guapos que vienen también".

"Me sentiría rara".

"¿Y qué? Después de un par de copas lo superarás".

"Gracias, pero creo que no".

"No puedo soportar la idea de que estarás sola".

Yo tampoco. "Es sólo un día. Pensé que si tú también... da igual. Me alegro de que vas a tener una fiesta".

"Me hace olvidar que estoy sola. Díme que te lo pensarás y vendrás".

"A veces, estar con extraños me hace sentirme más sola".

Hubo un silencio. Luego, "lo entiendo. Vale. Lo siento, Rory".

"Yo también. Que te lo pases muy bien. Gente con suerte puede comer las cosas que haces tú".

"Tú también las probarás. Voy a hacer cantidad extra para que tengamos sobras para el Club".

"Eres fantástica".

"Tú también. Te quiero, niña".

"Yo también te quiero". Rory colgó. Una sensación cálida en su corazón le hizo sentir lágrimas en los ojos. *Su amistad es un gran regalo.* La breve conversación hizo que Rory sintiera ánimos. Sonrió, le rascó a Baxter en el lomo y siguieron caminando. El sol seguía apareciendo detrás de las nubes, una promesa de los días soleados que llegarían.

Rory siguió hacia Central Park Oeste, hacia la calle Ochenta y Uno. Entró por la zona de recreo Diana Ross, donde un puñado de niñeras con mala suerte empujaban a niños en los columpios.

El resto del parque estaba vacío salvo un hombre o una mujer occasional con un perro. Baxter se fue hacia el Teatro Shakespeare y el Gran Césped. Rory sonrió viendo su trasero rechoncho mover de lado a lado mientras caminaba estilo doguillo por la acera. Después de cruzar la carretera, desenganchó la correa de Baxter y le dejó correr. Él salió disparado buscando espacio libre. Una de las zonas de césped más pequeñas tenia una cerca abierta. Era el campo favorito de Baxter, con césped denso y hondo, perfecto para correr en "círculos doguillo" como les llamaba Rory.

Entraron. Baxter se fue corriendo, dando vueltas en la hierba mojada. Rory se apoyó en un árbol, vigilando su perro y se habló a si misma. "Sólo son dos días en todo el año. Pronto se habrán pasado. Veré la película otra vez. Pediré una comida china. Estaré bien." Después de unos minutos de carreras, Baxter se cansó y se dirigió hacia el pavimento, con Rory siguiéndole.

Un hombre tirando de una carreta cargada de bolsas y bolsas de latas y botellas vacías venía en la dirección contraria. Parecía tan triste como se sentía ella. Sus ropas estaban sucias, y tenía una barba y pelo que le caía por debajo del cuello de la camisa.

Rory se detuvo. Una sonrisa se empezó a dibujar en su cara. "Eh, señor. Amigo. Para. Tengo algo para tí".

El hombre parecía confuso durante un momento y se señalo el pecho con un dedo.

"Si, tú. Te estoy hablando a tí. Toma". Sacó la gorra y la bufanda que le había hecho para Bruce y se los entregó. "Feliz Navidad".

"¿Para mí? Su voz era profunda y rasposa.

"Te abrigarán".

"¿Los hiciste tú?" Ella asintió. "Son preciosos. Dios la bendiga", dijo tocando la lana antes de calarse la gorra y liarse la bufanda al cuello sucio.

"Te quedan bien", mintió ella. Él le sonrió abiertamente mostrando una dentadura donde faltaban varios dientes. Ella le devolvió la sonrisa.

"Feliz Navidad", dijo él tirando de su abultada carga.

"Feliz Navidad", contestó ella. Continuó por su camino con Baxter trotando detrás. Aunque el camino que cruzaba el parque estaba cerrado durante las vacaciones, Rory le colocó la correa a Baxter de manera instintiva, cuando se acercaron a la carretera. Recordando su encontronazo con Hack, se paró para ver si venían bicicletas.

"Oh, Diós mío. ¿No puede ser?" Parpadeó y se frotó los ojos. Baxter ladró y pegó un tirón obligándola a soltar la correa. Él salió corriendo hacia un hombre.

Capítulo Doce

"¿Hack?" Se preguntó Rory siguiendo a su doguillo. Baxter llegó al hombre que corría por la carretera antes que ella. El doguillo saltó a las piernas del hombre intentando lamerle la cara. El corredor se inclinó y rascó al doguillo detrás de las orejas. Baxter se aprovechó y se lanzó a él, dándole un sonoro lametazo en la cara. El hombre rió.

"¿Hack? ¿Eres tú?"

"Esperaba encontrarte aquí", dijo él enderezándose y entregándole la correa.

"¿Para qué?"

"Quiero hablar contigo". La tomó del brazo. "Vamos a por un café en la Casa de Barcas".

"¿Y, Baxter?"

"Podemos estar fuera. Hace bueno lo suficiente para eso".

"Vale". Rory agarró la correa con fuerza y caminó al lado de Hack.

"Tengo unas cosas qué contarte".

"¿Oh?" Enarcó ella una ceja.

"Te he mentido. No estoy orgulloso del engaño, pero era por una buena causa".

"¿Qué?"

"Esperemos hasta llegar a la Casa de Barcas".

Rory se paró en seco. "No, ahora".

Él rió. "Ésa es mi Rory".

"No soy tu Rory". Sacó la barbilla. "Soy mi propia Rory".

Él lanzó una carcajada. "Y que lo digas. Siéntate". Señaló un banco seco cerca del estanque de las tortugas. Ella se sentó a su lado. "No estoy compromentido con Felicia".

Ella inspiró. "¿No lo estás?"

"Nunca lo estuve. Era un noviazgo fingido. Te lo tenía que haber contado, pero lo hice por mis padres".

"¿Tus padres querían que te casaras con Felicia? Estoy confundida".

Hack explicó la enfermedad de su madre.

"Quizás sea un poco torpe, pero sigo sin entender."

"No tienes un padre o madre con Alzheimer. Antes de que se pusiera muy mal, mi madre me quería ver casado, prometido, en relaciones con una mujer. Mis dos hermanos están casados. Tienen hijos. Ella quería verme así antes de desaparecer".

"¿Por qué Felicia?"

"La madre de ella y la mía han sido amigas desde que nacimos. Se conocieron en el parque. Le llevo un par de años a Felicia, pero jugábamos juntos de niños".

"Así que, Felicia era *conveniente*?"

"Supongo que lo podrías decir así. Ella conocía a Mamá y estaba de acuerdo en seguirle la corriente."

"Ella era muy convincente".

"La cosa se desmadró un poco. Llevó las cosas demasiado lejos".

"Entonces, decidiste poner tu vida al servicio de tu madre?"

"Era lo mínimo que podía hacer, y parecía tenerla contenta. De todas formas no estaba saliendo con nadie. Todo fue bien hasta que conocí una chica que realmente quería. Luego se convirtió en una carga. No sabía qué hacer".

"Por qué no dijiste la verdad?"

"Creí que te pondrías furiosa. Me echarías".

"Pero me lo estás contando ahora. ¿Por qué?"

"Necesito despejar las cosas. Necesito decir la verdad".

"¿Y ahora no estás prometido? ¿Cómo es eso?"

"Felicia ha encontrado a otro".

"¿Te ha dejado?" Los ojos de Rory se agrandaron.

"Si. Ironías de la vida". Sonrió haciendo una mueca.

"Desde luego. Borrado por la lapicera". Ella rió y le miró a los ojos.

"Es un gran alivio. Vamos a por ese café".

Le puso una mano en el brazo. "¿Y qué pasa con nosotros?"

"No hay ningún 'nosotros'. Tú tienes a Bruce".

"¿Bruce? He terminado con él. Un bastardo sin sentimientos. Nunca más seré objeto de sexo para nadie".

"¿Le estás dejando?"

"Ya lo hice. Ayer".

Hack dió un salto en el aire y le hizo girar como un trompo. Baxter ladró furioso. "Es la mejor noticia de toda mi vida". La apretó contra sí.

El móvil de Rory sonó. Él la soltó. Ella miró la pantallita. "Helen. Es mejor que conteste".

"Hola, nena", dijo Helen.

"Hola. ¿Qué sucede?"

"No me gusta llamar tan cerca de Navidad, pero pensé que querrías saber que Alfred se fue al Puente del Arco Iris esta mañana, tranquilamente, durmiendo".

"¡Oh, dios mío! ¡Helen!" Las lágrimas aparecieron en los ojos de Rory y rodaron por sus mejillas.

"Tuvo unas buenas semanas aquí con nosotros y contigo. Hiciste todo lo que pudiste, cariño. Recuerda que no los podemos salvar a todos. Cuídate". Helen colgó. Rory no podía recuperar el aliento. Había estado rezando por Alfred y esperando que sobreviviría las fiestas.

Hack dio un paso hacia ella y la tomó en sus brazos. "¿Qué ha pasado?"

"Se ha muerto Alfred". Dijo con voz entrecortada.

"Oh, dios mío, nena. Lo siento tanto". Ella se derritió en sus brazos, descansando la cara en su chaqueta. El olor de él mezclado con un poco de su sudor la calmó. Se apoyó en él. Él le acarició el pelo y la abrazó fuertemente mientras ella lloraba. "Sé lo que sentías por él", dijo. Ella asintió con la cabeza. "Él era especial". Se secó los ojos con los dedos. Baxter empezó a hacer ruido y tirar de la correa, ella soltó la correa y el pequeño doguillo se alejó para olisquear un árbol. Ella se alejó un momento para buscar un pañuelo en su bolso. "Otro clavo en el ataúd de mi espíritu navideño", dijo con un gemido.

"Por lo menos tuvo un buen hogar contigo y luego con Helen".

"Supongo que sí".

"Podría haber muerto en la perrera, sólo". Hack rebuscó en un bolsillo y sacó un pañuelo.

"¡Qué idea más horrible!" Ella se encogió, tomando el pañuelo que él le ofrecía. "Era un doguillo precioso". Rory se inclindó y acarició a Baxter que le lamió. Hack tomó del suelo la correa, le cogió de la mano y les encaminó hacia la Casa de Barcas..

"Creo que necesitas comida". Sentó a Rory en el asiento frío de metal y compró café para él y té para ella además de dos galletas de chocolate.

"¿No estás enfada porque te mentí?" Hack partió un pedacito de su dulce.

"Eso todo parece como algo que pasó hace mucho tiepo. No es genial, pero entiendo el por qué".

"Gracias a dios. Pensé que dejarías de dirigirme la palabra".

"No puedo hacer eso, Hack". *No le digas que estás locamente enamorada de él.*

"Yo fui tu amigo invisible el año pasado y este año". Bebió un poquito de su café, la mirada puesta en ella.

"¿El año pasado? ¿Tú me regalaste el doguillo de bronce?" Él asintió. "Te lo devolví. ¿Lo recibiste?" preguntó ella.

"Lo recibí. Así es como sabía que yo te gustaba un poco... regalándome algo que para ti tenía un gran valor".

Ella se miró las manos, sintiendo el calor en las mejillas.

"Siento tanto lo del mensaje y todo eso. Tenía que haber pensado en el malentendido que suscitaría. No sabías que era yo, así que claro que dudarías".

"*Tú* eres el pervertido que me mandó ese mensaje ′nos vemos en Starbucks′?"

"Si. Lo siento".

"Me puse furiosa con el Padre McHugh por eso. Vaya, me diste un buen susto."

"Tenía que hablar contigo".

"La próxima vez, sé más directo". Ella bebió un poco de su té.

"Lo sere. Pero eso no era el regalo que te he comprado".

"Bien, porque me estaba sintiendo bastante engañada. Lo estaba anticipando. Pensé que tendría al mismo "amigo invisible" que haría algo especial, como el año pasado. ¿Eras tú todo el tiempo?"

"Shirley me lío con lo del "amigo invisible".

"¿Shirley?" Ella partió un pedazo de galleta.

"Creo que estaba intentando ser una celestina". Hack se echó atrás en su silla.

"Hasta el incidente de la bicicleta. Vaya, seguro que estaba mal por eso". Rory rió.

"Tu "amigo invisible" tiene un regalo especial para tí este año". Hack devolvió la correa a Rory y metió la mano en su bolsillo. Sacó una cajita e hincó una rodilla en el suelo. Rory se llevó las manos a la boca. "Rory, tú me aportas aventura a mi vida y me haces sentirme vivo. Te quiero con todo mi corazón. ¿Te casarías conmigo?".

Él abrió la cajita revelando el precioso anillo con tres diamantes. "En el instante que ví esto en la vitrina, me pedía a gritos que fuese para ti".

Rory se quedó sin habla. La emoción embargó su pecho, haciéndole un nudo en la garganta. Amenazaban lágrimas. *No me lo puedo creer. Pellízcame, esto es un sueño.*

"¿Bueno? Hace frío y el suelo está mojado", dijo Hack con una mirada esperanzadora.

"Si. Si, quiero". Él dió un brinco poniéndose en pie, la agarró y le puso el anillo besándola con pasión.

"Te he deseado tanto tiempo", murmuró besando sus cabellos.

"Yo, también. También". Ella cerró los ojos y se apoyó contra su pecho. Rory no se acordó de acabar su té o su galleta, pero cuando se dispusieron a marchar su plato y su taza estaban vacíos. La temperatura estaba bajando. "Me estoy helando. Vámonos a mi casa".

"Pero nunca has visto mi apartamento".

"Estoy segura de que me voy a poner súper celosa".

"Una vez que nos casemos, te mudarás a mi casa, ¿verdad?" Rory miró los ojos de él. *Matrimonio. Vivir juntos para siempre.* Su mente dió vueltas pensando en todos los cambios que eso iba a significar. "Podré seguir haciendo rescate de doguillos después de que nos casemos, ¿verdad?"

"Por supuesto. Yo te ayudaré".

Ella tomó su mano. "¿Mi casa de momento?"

"Seguro".

Las emociones en Rory se columpiaban entre la tristeza por lo de Alfred y la felicidad de su noviazgo. "Esto es auténtico, ¿no?"

"Demonios, no le compro anillos de diamantes a cada chica que conozco. Voy a confiar en que me das tu palabra de honor", dijo Hack a duras penas manteniendo un rostro serio.

"¿Y qué pasa con tu madre?"

"Ya veremos qué se hace con eso. Tengo que recuperar mi propia vida. No podía soportar perderte. Verte con Bruce casi me mata".

"¿Dónde me viste con Bruce?"

"Te iba a pedir tu mano hace tiempo. Estaba camino a hacerle la competencia a Bruce cuando te ví toda arreglada. Dios santo, estabas guapísima. Te fuiste con él. Parecías contenta. Al llegar a ese punto, me rendí un poco".

Poco a poco la brisa fresca se convirtió en un viento gélido y el cielo azul desapareció tras nubes grises pesadas. Los amantes se abrazaron más cerca el uno de la otra. En breve estaban subiendo los escalones de la casa de Rory. Una vez en la entrada, ella se dirigió hacia los escalones.

"¿No vas a mirar tu correo?"

"Oh, vaya. No es fiesta en correos hoy. Nunca me manda nadie nada". Ella empezó a subir escalones.

"Parece que hay algo aquí dentro".

Rory se paró y giró. Ella también vió un sobre tras las rendijas del buzón. Metió la pequeña llave en la cerradura y giró la llave. Después de sacar la carta del buzón, se la metió bajo el brazo. Baxter había corrido por delante y estaba en el rellano de arriba, ladrando. "Vámonos".

Cuando llegaron a la puerta, Rory se paró un momento para admirar su anillo. Miró a Hack y sonrió. Una vez dentro, se frotaron las manos el uno a la otra para entrar en calor. Rory dejó la carta encima de la mesa y le quitó a Baxter su arnés. Hack dio un par de pasos y recogió el sobre.

"¿Ya me estás controlando? ¿Leyendo mi correo?"

"Asegurándote de que no es de algún amante escondido tuyo en un sitio como Katmandú". Rió él, dándole la vuelta a la carta en la mano. "Eh, esto es de una editorial. Libros Moonlight". Le entregó la carta.

"¿Una editorial?" Su interés se avivó. Abrió la carta de un tirón.

Estamos encantados de ofrecerle...

No terminó de leer lo demás antes de soltar un breve grito.

Hack dió un respingo, asustado. "¿Qué?"

"¡Libros Moonlight me ha ofrecido un contrato por *Por el Amor de Baxter!* Quieren publicar mi libro. No me lo puedo creer". Bailó alrededor de la mesa antes de sentarse en el sofá. Su mano temblaba cuando le entregó la hoja de papel a Hack.

Él leyó la carta y en su rostro apareció una gran sonrisa. "Te dije que eres una buena escritora. Y que tenías que escribir historias de amor".

"Tenías razón. Esto es fantástico".

"A lo mejor puedes convertirte en una escritora a jornada completa y dejar de pasear perros". Se sentó a su lado.

"¿Dejar de pasear perros?"

"Si. En vez de eso ser esposa y madre."

Rory había trabajado toda su vida adulta. Nunca se había planteado que mas allá de la alegría de estar casada con Hack, estar con él todo el tiempo, existía la posibilidad de que podría pasarse los días escribiendo.

"¿En serio?"

"Yo gano lo suficiente para mantenernos a los dos. Tú puedes escribir o hacer rescate de doguillos, las dos cosas o nada. Lo que tú quieras, cariño".

Si esto es un sueño, que no me despierten.

"Pidamos una comida para llevar," sugirió Hack.

Rory sacó un menu de La Casita, el restaurante chino de la esquina. Mientras Hack hacía el pedido por teléfono, ella se fue hacia la ventana para rellenar el comedero de pájaros. Las luces de Navidad brillaban. *Oh Dios Mío, Dios Santo* sonaba en su cabeza. Miró su anillo que brillaba más que cualquier cosa fuera. *Y un contrato para su libro. La Navidad no podía ser más alegre.*

Empezó a caer una nieve ligera. Ella cerró la ventana y se acercó a Hack. Él la atrajo hacia sí.

"Te quiero. Reconozco que no quería, intenté no quererte. Pero no lo pude evitar", dijo ella.

"El viejo encanto de los Roberts", rió él.

"Me mataba que estuvieras comprometido con esa palillo... Felicia".

"Lo único que quería era estar contigo". Hack se inclinó para besarla pero el beso se vió interrumpido por la llegada de la comida. Hack y Rory se acurrucaron entorno a la mesa comiendo y hablando, mientras Baxter roncaba en su camita.

"¿Él duerme contigo?"

"Si. Espero que no te importe".

"Ronca también, ¿cierto?"

"Le estás escuchando ahora mismo".

"No pasa nada siempre y cuando no te molesten mi iguana, las cobayas y los hamsters".

"¿Tienes todos esos?"

"Si, todos los bichos que no necesitan ser paseados". Él rió. "Vamos a tener una colección de criaturas".

"Necesitaremos sitio para los niños, ¿verdad?" preguntó ella.

"Por supuesto. Pequeñas Rory correteando. La vida nunca será aburrida para nosotros".

Rory recogió la mesa. Cuando estaba al lado del fregadero, Hack cogió una toalla para secar platos. Se puso a secar mientras le daba mordisquitos a ella en el cuello. A ella se le cayó un vaso. Se rompió.

"¡Hack!"

"¡Lo siento, lo siento. Yo lo recojo". Recogió rápidamente los pedazos de cristal y los echo a la basura. Luego cerró el grifo. "Basta. Te necesito, esposa-por-venir". Apretó los brazos entorno a ella y la acercó para un beso hambriento. Rory abrió su corazón para él.

Hack deslizó los dedos bajo su sudadera, deslizándolos por su piel lisa y suave. Ella suspiro mientras los dedos de él desabrocharon su sujetador. Se quitó la camiseta y luego la de ella. Sus ojos se detuvieron en sus pechos antes de tocarla.

"Estos son tan perfectamente tuyos". Ella gimió y se acercó a él, recorriendo sus costados con las manos. La caricia de él enviaba oleadas de deseo a su interior, creando un ansia, un picor que necesitaba ser rascado. Mientras con sus pulgares rodeaban sus pezones, ella desabrochó su cinturón y le bajó la cremallera del pantalón.

"¿Deseosa?" preguntó él.

"Ardiente", replicó ella.

Hack rió y se bajó los pantalones y los calzoncillos en un gesto rápido. Luego se puso con los vaqueros de ella, bajándoselos y revelando unas braguitas sexy de encaje de color rosa. Admiró su cuerpo. "Vaya. Estás ardiente".

"Estoy ardiente para tí". Ella se bajó las braguitas y se las quitó. Hack movió la mesita del sofa a un lado y rápidamente sacó la cama. "Podríamos usar el sofa":

"Necesito espacio. Tenemos que hacer esto bien. No como la primera vez".

"¿Qué tenía de malo eso?"

"Nada, pero fue algo deprisa y corriendo".

"A tí no te pareció mal".

"Hacerte el amor en un armario sería maravilloso también. Pero no necesitamos hacer eso esta vez, ¿verdad?"

"Adelante". Ella hizo un gesto con el brazo.

El abrió la cama y se sentó, palmeando el espacio a su lado. Rory se unió con él. Ella se sentó en su regazo, balanceándose en las pantorrillas. Él agarró sus nalgas y alzó las piernas a la cama. Rory se inclinó para recoger dos almohadas del suelo. Hack las colocó tras su cabeza.

"Perfecto", dijo él, con las manos en la espalda de ella, acercándola en un abrazo. Su boca capturó la de ella. En vez de usar la fuerza bruta, sus labios incitaron a los de ella a abrirse y su lengua la acariciaba, jugando con ella, seduciéndola. Ella se derritió, apoyándose en su pecho. Sus músculos y su vello pectoral hicieron que sintiera cosquillas en los pechos y se rozó contra sus pezones duros, excitándola.

Cuando se puso de rodillas, Hack movió los dedos poco a poco recorriendo sus curvas y dentro de su calor, luego retiró una mano para darle un masaje en un pecho.

"Ahhh", murmuró ella mientras él jugueteaba con ella, acariciando y explorando.

Rory aplanó sus manos sintiendo los abdominales de él y los deslizó hacia arriba, con una leve presión de las puntas de los dedos en su piel. Él cerró los ojos. Ella inclinó la cabeza para lamer el hueco de su garganta y ligeramente hacia arriba hacia su nuez.

"Estás sabroso" murmuró suavemente. Él rió bajo, llevando la boca abajo para capturar la de ella. Esta vez, él tenía hambre. Su lengua se apoderó de ella. Era exigente. Cuando levantó la cabeza, ella vió el deseo ardiendo en su mirada brillante. Él apretó los brazos entorno a ella y la volteó.

Hack estaba encima de Rory, devorando su cuerpo con sus ojos. La besó en el cuello y siguió bajando. Jugueteó con sus pechos usando los labios y la lengua para atormentarla. Ella se revolvió y estiró los brazos para retenerle. Con las manos le tomó y encontró que tenía una erección tan dura como el tronco de un árbol. Cuando le tocó, le escuchó jadear.

"Rory, nena", susurró.

"Dáte prisa", gimió ella. Él le sonrió pero no se dió prisa, lentamente bajando beso a beso hasta llegar a su abdomen. Poniéndose de rodillas, colocó las manos en los muslos de ella. Hincando los pulgares en ella, los movió hacia arriba hasta que estaba dándole un masaje en el sexo. Rory gimió ruidosamente.

"Hazlo. Por favor, Hack, haz esto. Tómame".

"¿Qué prisa hay?" Ancló las manos entorno a su cintura y bajó la cabeza. Cuando su lengua tocó su piel ardiente, las caderas de ella se levantaron de la cama.

"¡Maldita sea!" dijo con la respiración entrecortada. Él siguió. Las manos de ella se hicieron puños con las sábanas. "No puedo más", susurró ella. El ansia dentro de ella creció, tensándola, tirando de sus músculos como si fueran un resorte hasta que ella pensó que iba a explotar.

"Córrete para mí, Rory, cariño". Los ojos de ella se cerraron y sus caderas brincaron de la cama. Sus músculos se tensaron fuertemente mientras el placer volaba a cada parte de su cuerpo. Sus caderas se movieron unas cuantas veces. Hack levantó la cabeza. Ella abrió un ojo y rió al ver la sonrisa de placer de él.

"¿Orgulloso?" preguntó ella.

"Vaya que si".

"Ahora te toca a tí".

"Bien". El se subió a ella, que elevó una rodilla. Rory descansó su tobillo en su hombro y él la penetró hondo.

"Vaya vaya", dijo él parando un instante antes de retirarse y penetrar otra vez. El cuerpo de ella era un arco. El calor invadió sus venas mientras él entraba y salía. Se aceleró, elevando la temperatura de ella.

"Oh, dios, Hack. Está tan bien".

"Si, nena". Él bajó su boca hasta encontrarse con la de ella y sus dos lenguas se liaron mientras sus cuerpos se unían, se separaban y se volvían a unir. Hack levantó la cabeza y la miró a los ojos.

"Te quiero", susurró ella, retirando con los dedos los cabellos de la frente de él.

"Yo también te quiero a tí, amor mío", dijo él. El sudor perlaba su frente y el cuello. El calor emanaba de su pecho. Después de deslizar sus manos en sus pectorales húmedos, los movió a sus hombros.

Él se movió más deprisa y más duro. El orgasmo invadió el cuerpo de ella, rascando su picor y colmando sus ansias. Hack siguió poco después con un gruñido sonoro y una última penetración. Soltó el tobillo de ella y se acostó encima de ella. Los dos jadearon juntos, sus pechos deslizándose hacia el pecho de él, piel contra piel. Él hundió la cara en el cuello de ella mientras ella jugueteaba con su cabello.

Rory nunca había experimentado un placer tan intenso. Se quedó sin palabras. Baxter se levantó de su camita, se estiró y bostezó. *Dios, qué bien poder decir 'Te quiero'.*

"¿Comentarios sobre mis habilidades, Baxter?" preguntó Hack.

El doguillo sonrió y meneó el rabo.

Hack se sentó de rodillas, tomó el rostro de Rory entre ambas manos y la besó. "Eres maravillosa". Exhausta por la montaña rusa de emociones de ese día, le abrazó por la cintura. Él bajo la mano a su espalda y la acarició suavemente. "Un día duro, ¿verdad?"

"El más feliz. El más triste. Estoy confusa".

"Te entiendo. A partir de ahora va a haber muchos más días felices que tristes, nena".

"¿Es una promesa?" Ella miró por debajo de las pestañas, sus ojos azules llenos de esperanza.

"Si. Una promesa. Quiero dedicar el resto de mi vida a cumplirla". La mirada de deseo había desaparecido de sus ojos color chocolate que ahora eran cálidos y amorosos. Pasó los labios por encima de la cabeza de ella besándola.

Rory besó el pecho de Hack y se retiró. "Tengo hambre".

"Yo también". Dijo él.

"Vamos a ver *Holiday Inn*. ¿La has visto alguna vez?" Él hizo un gesto de negación con la cabeza. "Bien. Vamos a empezar una nueva tradición familiar esta noche. Vamos a ver esta película todos los años en Navidad". Se levantó del sofá, rescató un camisón de un cajón y se lo puso.

"Hmm. No tengo mucho de nada. Un poco de palomitas de microondas", dijo ella rebuscando en los armaritos de la cocina. "Mezcla de cacao de Zabar". Se fue a la nevera. "No hay gran cosa. No he tenido mucha hambre estos días atrás".

Hack se puso en pie y rápidamente se puso sus pantalones. ¿Está abierto el delicatesen de la esquina?"

"Creo que si".

"Ahora mismo vuelvo". Se puso la camiseta y agarró su chaqueta.

Mientras él estaba fuera, Rory alisó las sábanas, sacudió varias almohadas, las apoyó contra los dos cojines y sacó las palomitas. Luego se sentó encima de la cama, estiró el brazo izquierdo y abrió los dedos. El maravilloso anillo de diamantes brillaba con la luz, lanzando destellos como si estuviera ardiendo. Sonó el telefonillo.

Rory le sacudió la leve capa de nieve en el pelo de Hack y sus hombros. Él colocó dos bolsas grandes de compra encima del mostrador. Después de quitarse la chaqueta, empezó a sacar cosas nombrando cada una. "Batido. Chocolate. Leche para el cacao. Bocadillos de jamón y queso suizo. Pastel. Cerveza. Patatas fritas. Untable de cebolla. Sidra. Palillos de canela".

Rory le miraba, sus ojos yendo de cada cosa a la cara de Hack. Su sonrisa era ancha y relajada. Sus ojos brillaban. Su rostro rosado del frío. Calor inundó el cuerpo de ella. *Esto está bien. Estamos bien.*

"Esto es suficiente comida para que podamos resistir una nevada de una semana".

"Eso estaría bien por mi".

"Mañana es Navidad".

"Y tú vienes conmigo a casa de mis padres".

"¿Qué? No. De ninguna manera. No tengo regalos ni nada".

"Me da igual. Vienes y te quedas para la cena de Navidad". Lágrimas de felicidad estaban a punto de caer de sus ojos. Ella parpadeó para que no cayeran pensando en las horas que había pasado imaginándose cómo sería una cena de Navidad en casa de él. Y ahora, en vez de ser una extraña con la nariz frente al cristal, iba a ser una invitada. Su corazón se hinchó.

"¿Todo bien?" Él enarcó una ceja y abrió un batido y sirvió dos vasos.

"Bien". Ella estiró la mano para alcanzar el suyo.

"¡Uh, uh, uh!" Él agarró su muñeca, atrapando su mano mientras alcanzaba un pequeño contenedor de metal. Espolvoreó un poco de nuez moscada por encima y luego le entregó su vaso de batido.

"¿Dónde está esa película que va a ser nuestra primera tradición familiar?" preguntó llevando su bebida a la cama y estirándose en ella. Palmeó el espacio a su lado y sonrió.

"¡Ahora mismo va!" Rory colocó los bocadillos en un plato y luego encendió la televisión.

La película todavía estaba dentro del reproductor de DVD. Ella llevó la comida y se unió a él. Hack estiró un brazo rodeando los hombros de ella, acurrucándola mientras cogía medio bocadillo. Baxter se enroscó a los pies de ellos, roncando en cuanto cerró los ojos.

Sonó la música y una sensación de paz invadió a Rory. *Todo es bonito por ahora, pero ¿y mañana cuando conozca a su familia? Su madre me va a odiar, y qué pensarán de Hack casándose con una combinación de escritora de novelas de amor y paseadora de perros?*

Capítulo Trece

El sol penetrando por una grieta en las cortinas despertó a Rory muy temprano el día de Navidad. Miró su reloj. *Las siete.* Se frotó los ojos una vez y se dio la media vuelta. *Todavía está aquí. No ha sido un sueño.* Miró a Hack, durmiendo boca abajo. *Diós, es guapo.* Una sonrisa inconsciente apareció lentamente en su rostro. Se tocó el labio inferior con cuidado ya que tenía un pequeño dolor, ése era otro sitio que había recibido atenciones. *Mejor amante que he tenido nunca.*

El destello del sol rebotando en algo brillante le hizo mirar. Se quedó mirando fijamente su anillo de prometida por enésima vez. *Es verdad. Debería llamar a Mamá. El Club de la Cena. Mejor esperar a conocer la familia de él.*

Él se cambió de postura. El deseo de tocarle, de repeinarle con los dedos, frotar los nudillos contra su barba sin afeitar, o incluso darle un beso en la nariz, aumentó mientras le miraba. Él estiró un brazo, con la mano buscando algo. Ella se acercó un poquito más. Cuando él entró en contacto con ella, abrió los ojos. Su sonrisa adormilada le encantó.

"Hola, belleza". Se puso de costado. Tomó la barbilla de ella, luego recorrió la mejilla de ella con el pulgar.

"Hola, bellezón".

"Feliz Navidad, Rory".

"Feliz Navidad, Hack".

Él se estiró y miró el reloj. "Hay tiempo de sobra antes de que se levante mi familia".

"Tiempo para una ducha y desayuno.¿Te vienes conmigo?" Ella se sentó con las piernas colgando de la cama y se puso en pie. Desnuda, Rory estiró los brazos todo lo más que pudo y bostezó.

"Me encanta la vista. Me sorprende que puedas seguir caminando", dijo Hack estudiándola.

"Yo también", ella rió. Rory se fue a la nevera. Sacó los huevos y el bacon que Hack había comprado la noche anterior. "Comida primero. Estoy desnutrida".

"Yo también". Él se acercó a ella desde detrás, aprisionándola por la cintura. Doblando la cabeza, mordisqueaba su cuello. "Pero no es comida lo que necesito".

"Hack, eres insaciable". Rió ella.

"He esperado durante meses. Demasiado tiempo. Tengo que soltar todo lo que tengo dentro".

"¿O qué? ¿Vas a explotar?"

"Si, dentro de tí una y otra vez".

Un temblor la recorrió por la espalda. "Tenemos toda una vida".

"Nunca será suficiente". Él la apretó fuerte, sorprendiéndola con su deseo de seguir haciendo el amor.

"¿Ya estás otra vez?"

"Si. Desayuno temprano mezclado con novia ardiente". Deslizó sus manos a lo largo de las costillas de ella y luego hacia delante de ella y las descansó en sus pechos.

"¿Cómo voy a poder cocinar así?"

"¿Cómo no puedes hacerlo? Yo estoy cocinando perfectamente". Rory apagó el fuego y se dió la vuelta. "Muy bien, caballero. Tiene usted toda mi atención":

Hack la besó. "¿Qué tamaño tiene tu ducha?"

Rory dió un paso hacia atrás y le miró su cuerpo desnudo de arriba abajo. "Creo que es suficientemente grande".

"Vente". Él la tomó de la mano y se dirigió hacia el baño. Ella abrió el grifo y él cerró la puerta.

Después de vestirse, Rory se inclinó por encima de Hack mientras él se cepillaba los dientes, para agarrar el espejo y ponerse el carmín de los labios. Su cabello oscuro, recién lavado y oliendo a lilas, estaba seco, ondulado y colgaba por encima de su hombro. Llevaba un traje pantalón de color verde esmeralda de terciopelo con un jersey blanco fino de manga corta debajo.

"¿Hará frío en tu casa?"

"A veces hay un poco de corriente. El edificio es viejo". Él se aclaró el jabón de la cara.

Rory le recorrió la mejilla y la barbilla con la mano. "Mmm... suave. Me gusta".

"Creí que te gustaba un poco de barba de tres días".

"Me gusta. Me gusta recién afeitado también".

"A Mamá le gusta que nos afeitemos. Piensa que la barba es estar desarreglados", rió él levemente.

"¿Y tú siempre procuras agradar a tu madre?"

"Intento que sea feliz. No tiene una gran vida. Es lo mínimo que puedo hacer por ella".

Un sentimiento de vergüenza coloreó la cara de Rory. "Tienes tanta razón. Lo siento. A veces digo cosas... Sin pensar".

"No te preocupes".

"Si no hablo mucho hoy, ¿entenderás que es porque me da miedo decir algo malo, verdad?

"Esta no es una especie de familia medieval que te va a cortar la cabeza si piensan que no eres absolutamente perfecta. Son gente normal. No hay que tener miedo de nada".

"Espero que tengas razón".

Cuando él terminó de vestirse, se abrigaron y salieron a la calle. Hack insistió que Baxter sería bienvenido, así que el doguillo también iba con ellos. Rory tuvo que sacarle a rastras y luego usar un cebo para conseguir que dejara sus regalos de Navidad—un pedazo de cuero nuevo, un nuevo juguete y unos caprichos de hígado.

Las calles estaban en silencio y vacías a las diez de la mañana. Hack insistió en que su familia no le echaría de menos y que nunca abrían sus regalos antes de las diez y media. Rory no se lo acababa de creer. El sol había derretido la nieve escasa de la noche anterior, dejando la calle mojada pero no escurridiza. Los padres de Hack vivían en The Whitfield en la Calle 81 entre Central Park Oeste y la Avenida Columbus.

Su corazón latía más deprisa a medida que se acercaban al edificio. El temor cedió a la curiosidad. Nunca había estado en uno de estos edificios de apartamentos antiguos enormes y quería ver cómo eran por dentro.

"Buenos días, Dr. Hack," dijo el portero.

"Buenos días, Dooley". Contestó Hack. Él la guió a ella hacia un ascensor lateral. Cuando las puertas se abrieron a un bello pasillo con un suelo de madera pulido y bellos adornos navideños, le sorprendió ver que sólo había una puerta de entrada a cada lado del corredor. Un lado estaba en silencio, mientras que se oían voces de la puerta del otro lado. Hack señaló la puerta ruidosa. En el instante en que entraron, las voces se hicieron más ruidosas.

"¡Es Hack!"

"¡Por fin! ¿Dónde demonios has estado?"

"Venga, todo el mundo, ahora podemos abrir los regalos".

Rory sintió un ataque agudo de timidez. Se ocultó tras Hack y miró. Estaban en un enorme hall con paredes de color crema que parecían subir hasta el cielo. Un espejo enorme en una pared reflejaba la imagen de una mujer joven nerviosa vestida de verde.

El arco que sustituía una pared a la derecha, dejaba ver una habitación llena de gente. Algunas personas estaban en albornoz, otros en vaqueros y por lo menos cuatro niños de edades diferentes. Un bebé lloraba y dos niñas se quejaban. Un niño daba vueltas y vueltas al árbol de Navidad gigante. Rory miró el árbol calculando. *Seguro que mide dos, quizás tres metros de alto por lo menos.*

Baxter ladró y ladró, obligando a todo el mundo a callar. Todas las miradas se volvieron hacia Rory, Hack y Baxter. Ella tomó en brazos al doguillo.

"¡Un perrito!" gritó el niño pequeño y corrió hacia Baxter que gruñía.

Rory se retiró hacia atrás. "No te acerques mucho. Está nervioso".

"¡Spencer! Espera". Una mujer apareció de alguna parte. Ella se fue hacia su hijo, retiró su larga melena morena de la cara y le sonrió a Rory. "Le encantan los perros". Supervisado por su madre, el niño pequeño se acercó pausadamente a Baxter extendiendo una mano. Baxter le olisqueó la mano, luego meneó la cola mientras Rory le sostenía.

"¿Y ella quién es?" dijo un hombre mayor abriéndose camino entre los parientes que estaban de pie mirando fijamente.

"Hola, Papá". Esta es Rory. Rory, mi padre, Monty".

Después de depositar a Baxter en el suelo de nuevo, tomó la mano extendida del padre de Hack. "Es una belleza".

¿Yo qué soy, una yegua de raza que se acaba de comprar?

"¿Esto qué es?" Tomó su mano izquierda y se la acercó a la cara. "¿Prometida?" Las cejas de Monty se enarcaron.

"¿Otra vez?" preguntó el hombre que era igualito que Hack.

"Esto parece auténtico", dijo Monty.

"Lo es", contestó Hack. "Rory es mi prometida. Fijaremos la fecha pronto. Y éste es Baxter". De manera casi programada, Baxter ladró, causando risas en el grupo de personas.

Hack tomó la mano de Rory y se dirigió al centro de la habitación. De manera inmediata ella se vió rodeada por los hombres y mujeres jovenes. Los niños se acercaron a Baxter que se escapó para esconderse. Rory se empezó a marear intentando recordar cada nombre y cada cara. Había quince personas ante ella queriendo conocerla.

Hack se alejó para ir a por un poco de bebida y los niños empezaron a abrir su montaña de regalos, rompiendo los envoltorios de los regalos. El grupo ruidoso de personas rápidamente se convirtió en un asalto de personas mientras hablaban todos, abrían regalos, se daban besos, exclamaban cosas y bebían. La habitación se convirtió en un mar de papel descartado. Rojo, verde, plateado y dorado, los envoltorios estaban por todas partes convirtiendo la habitación que estaba impecable en una pesadilla para una criada.

Rory se quedó mirando el árbol de Navidad. Estaba decorado con luces rojas y decoraciones de color oro y blanco. Ciertamente era una colección impresionante de ornamentos pero sólo en esos colores. Sintió una leve sensación de incomodidad al recordar cómo era el árbol de su familia, decorado de cualquier manera.

Seguro, luces blancas, pero los ornamentos estaban por todas partes. Su madre había dicho que el árbol era ecléctico. Cuando Rory era una niña, consideraba que el árbol era descuidado, desordenado, una mezcla sin dirección ni meta. Ahora que era mayor, lo consideraba libertad creativa.

Este árbol no era así. Era preciso. Perfectamente equilibrado. Los ornamentos se habían colocado con un sentido de dirección, un plan. *Como Hack. Con intención. Yo no pertenezco a esto, en este grupo de gente. Soy demasiado desordenada.* Hack volvió con un vaso. Rory tragó un gran sorbo, esperando que el alcohol le ayudase a adaptarse.

"¿Dónde está tu madre?"

"En la cocina con Greta".

"¿Greta?"

"Nuestra señora de la limpieza".

"¿Vuestra señora de la limpieza no tiene vacaciones el día de Navidad?"

"Es como de la familia. Se queda por la mañana hasta mediodía. Se encarga de la cocina. Mamá estaría perdida sin ella". Hack se la llevó hacia una montaña impresionante de regalos. "Ayúdame a abrir mis cosas".

"Te iba a conseguir una membresía de por vida en un servicio de citas por internet, Hack. Me alegro de no haber malgastado mi dinero", dijo desde lo lejos Summer Roberts.

"Muy gracioso". Hack le hizo una mueca de burla a su hermano que le tiró una bola de papel de regalo.

"¡Chicos!" dijo Monty en voz alta. "Por favor. Tenemos una invitada".

"No es una invitada, Papá. Es de la familia".

La mirada de Montgomery Roberts no era muy convincente. "A ver lo que aguanta ella con esta tribu".

"No le tiene que gustar ninguno de vosotros. Sólo le tengo que gustar yo". Hack elevó la mano de ella a sus labios.

"¿Quién demonios eres tú, Hack? ¿Sir Walter Raleigh?" preguntó otro hermano, Brett Roberts.

"Él puso su abrigo en un charco de barro, idiota". Brett le tiró un lazo de regalo a Hack que lo devolvió.

"¡Chicos! ¡Venga! No quiero peleas de papel. No le déis ideas a los niños".

Hack abrió uno de sus regalos y luego le entregó uno a Rory. Él recibió varias camisas, un par de libros sobre animales, dos corbatas nuevas y una fotografía de la boda de sus padres el día de su boda. Hack tiró de Rory para darle un beso en los labios.

Ella le rechazó suavemente. "Todo el mundo está mirando".

"Nadie está mirando. Rory Sampson ¿Tímida? Esto es algo nuevo".

"No conozco ni un alma aquí, Hack. ¿Cuándo es la gran comida?"

"¿Hambrienta o ansiosa por irte?"

"Las dos cosas. ¿Dónde está Baxter?" Se puso en pie y silbó para llamar al doguillo. En unos segundos le vió bajando las escaleras. *Vaya, escaleras en un apartamento.*

"¿A dónde dan las escaleras?"

"A los dormitorios. Cinco dormitorios".

"¡Cinco!" Sus cejas se elevaron muy alto. "Esto es una mansión".

"Es grande. Pero somos una familia numerosa".

Una mujer con un delantal entró en la habitación. "Cena en quince minutos", anunció. Hack se puso de pie en un instante, agarró la mano de Rory y la acercó a la señora de la limpieza.

"Entonces, ¿tú eres la mujer que finalmente ha conquistado su corazón? Muy bien, cariño. Es un buenazo. Eres una chica afortunada. Ella es una belleza. Muy bien, Hack. Ella le dió un codazo en las costillas, abrazó a Rory y se fue de nuevo a la cocina. El olor a jamón al horno llegó a la nariz de Rory, haciéndole sentir sus tripas. Hack recogió sus regalos y luego siguió a los demás al comedor.

Había una mesa enorme, con un mantel blanco adamasquinado, con una vajilla antigua con diseño de flores en rosa y verde. La cubertería era de plata y las copas de cristal tallado le dieron la sensación a Rory de haber retrocedido en el tiempo hasta una época más elegante.

Una mesa de madera noble a un lado soportaba el peso de comida fantástica. Lo primero era un gran jamón al horno. Al lado había patatas hervidas, habichuelas verdes, coles de bruselas con cebollitas y una gran ensalada verde ya aliñada. Bollos de pan casero calentitos estaban envueltos en una servilleta de tela al lado de mantequilla europea.

Había aliños como salsa de arándanos fresca, cebollitas dulces y salsa picante. Una cazuela de macarrones con queso para los niños estaba en un extremo de la mesa. Cada sitio en la mesa tenía un plato pequeño con dos tallos de apio y varias aceitunas negras.

"Me muero de hambre. Por favor, no te enfades conmigo si no me control", susurró a Hack.

"Adelante. Todo el mundo se va a dar un atracón. Nadie se fijará en tí".

Después de acabarse los aperitivos, las personas se pusieron en fila en el buffet. Una mujer alta y atractiva con el pelo gris, muy bellamente recortado, vistiendo un jersey de cachemira blanco y pantalones grises de lana entró en la habitación y fue acompañada por Monty en la fila de las personas esperando a servirse. *Seguro que es la madre de Hack. Reconozco esos ojos marrón oscuro y esa sonrisa encantadora.* La familia esperó antes de comer a que ella se sentara y se bendeciera la mesa.

Hack se sentó al lado de su madre, con Rory a su izquierda. La mirada penetrante de Corinne descansó en ella. "Hack, ¿conozco yo a esta jovencita o me estoy confundiendo otra vez?"

"No, Mamá. Esta vez no la conoces. Esta es Rory Sampson, mi prometida. Rory, mi madre, Corinne".

La expresión en el rostro de Corinne se suavizó. Una sonrisa delicada apareció en su cara. "Oh, dios mío. Bienvenida a la familia. ¿No estabas prometido antes? ¿Era con la misma mujer?"

"Esa era Felicia. Eso se acabó, Mamá", dijo Hack. Dejó de comer, miro detenidamente la cara de su madre. Rory agarró su mano bajo la mesa y apretó los dedos. Él le devolvió el apretón.

"¿Qué le pasó a Felicia? Espero que nada malo". Su expresión se nubló.

"Me dejó".

"¡Qué terrible" Lo siento tanto, Hack. ¿Te partió el corazón?"

"No exactamente. Todo bien, Mamá. Soy feliz". Le dió unas palmaditas a la mano de su madre.

"Hace un poco de frío aquí", dijo Corinne.

Monty se levantó de la mesa y salió de la habitación. "Se nos olvidó esto", dijo mientras colocaba una manta tejida a mano de color frambuesa en el regazo de Corinne. La remetió por debajo de sus piernas.

"Eso está mucho mejor, cariño", dijo ella elevando la barbilla para besarle. "Gracias".

Los ojos de Rory se agrandaron. Miró fijamente la mantita y tiró del brazo de Hack.

"Psst," susurró. "Eso es mío". Hack levantó las cejas. "Yo hice esa mantita", dijo ella un poco más alto.

"¿Tu qué?" Corinne le miró sin saber.

"El año pasado. Para el Amigo Invisible de la iglesia. Es lo que yo regalé. Se ve que yo era tu Amigo Invisible". Dijo volviéndose para mirar a Hack.

"Es de allí de dónde vino. A mamá le gustó, así que se la regalé".

Corinne estiró un brazo y cerró la mano entorno a la de Rory. "¿Tú hiciste esta manta maravillosa? Me encanta. Me lo llevo a todas partes".

Rory sonrió. Hack se volvió hacia Hack. "Casarte con una chica que sabe hacer punto es una buena idea, Hack. Bienvenida a la familia, cariño". Corinne miró cálidamente a Hack y luego a Rory que entendió que la señora se le había olvidado su nombre. No importaba mucho eso. Rory había sido aceptada. Ella se dedicó a su comida, dejándose llevar por su apetito.

La conversación fue sustituida por el ruido de cuchillos y tenedores. La comida era deliciosa y Rory comió con gusto. Hack se comió dos platos llenos y todavía le quedaba sitio para el postre. Dos pasteles enormes, uno de chocolate oscuro y el otro de coco, se colocaron a ambos lados de la mesa. Aunque Corinne no cortó el pastel para repartirlo, tomó nota de los comensales y le dió instrucciones a Monty que estaba sentado a su lado.

A Rory le gustaba la manera en que se trataban Corinne y Monty. Nadie parecía sentir lástima o ser condescendiente con la madre de Hack, todo el mundo la aceptaba con sus limitaciones. Los músculos en la cara de Rory se relajaron y su postura se relajó cuando se reclinó hacia atrás en su silla. Aunque sus estilos eran diferentes, nadie parecía estar juzgándola o rechazándola. Hack les contó lo que ella hacía y ellos fueron amables dándole la enhorabuena por su contrato.

Las bromas ruidosas y el buen humor entre los hermanos era algo nuevo para Rory. Pero su calidez le hizo sentirse cómoda.

Prometió a todos una copia firmada cuando se publicase su libro, luego se puso en pie para ayudar a retirar la mesa. Stacy, la mujer de Brett, le dijo que era una invitada y que se quedase sentada. Pero Rory objetó, diciendo que era casi de la familia y quería hacer su parte.

Baxter encontró un sitio cómodo y retirado del grupo y se acurrucó a dormir en la alfombra del comedor. Se zampó un pequeño plato de sobras y lamió los dedos de todo el mundo.

Monty le preguntó montones de preguntas pero no parecía una inquisición, era más bien un deseo de conocer la mujer que iba a ser la esposa de su hijo. Cuando se acabó la cena, Hack encontró excusas, recogió sus regalos y tomó a Rory de la mano.

"¿Ya os marcháis? Me parece a mí que no", dijo Monty. "No sin un brindis". Salió de la habitación y volvió con dos botellas de champán *Piper Heidsieck*. Él y Hack abrieron las botellas y rellenaron vasos de champán. Monty elevó su vaso. "Por Hack y Rory, mucha salud y felicidad. Y que esta vez sea de verdad".

El tintineo de vasos chocando se mezcló con el ruido de las risas de los hermanos de Hack. Las lágrimas empezaban a aparecer en los ojos de Rory. *Así que esto es como puede ser una familia.*

En cuanto terminaron, Hack tiró del brazo de ella. "Vámonos".

Después de un abrazo de sus padres, se encaminaron hacia el ascensor.

"No me puedo creer lo bien que mamá se ha tomado lo de Felicia".

"Quiere que seas feliz. Sigues estando prometido. A lo mejor ésa era la idea y las prometidas eran intercambiables".

Hack rió. "A lo mejor tienes razón".

Salieron al aire frío de Diciembre, Baxter trotando a su lado. Dos cuadras más allá, llegaron al edificio de Hack. Él la presentó al portero y ellos subieron. En el umbral de la puerta, Hack alzó a Rory y eso hizo ladrar a Baxter.

"Pero si no estamos casados", protestó ella agarrándose al cuello de él.

"Casi. Vamos a ensayar". Abrió la puerta de golpe y la llevó en brazos a un salon lleno de luz brillante y fría de invierno. Después de dejarla en el suelo, la abrazó. Rory soltó la correa dejando que Baxter explorase y oliese cosas nuevas.

Hack la besó, pero ella le empujó hacia atrás. "No soy como el resto de tu familia. No hago las cosas en una fila ordenada. Tengo una vida desordenada".

"Lo sé. Me gusta eso de tí".

"¿Estás seguro? Estás acostumbrado a otras cosas".

"A lo mejor quiero cambiar. A lo mejor quiero vivir como vives tú".

"¿De verdad? ¿Estás seguro?"

"Estos últimos meses contigo han sido... geniales. No lo puedo poner en palabras. La vida se me abrió de una manera que nunca había sentido antes".

"¿Si?"

"Me gusta lo impredecible. Nunca saber qué viene luego. Es emocionante. Cada día es una aventura".

"Algunas personas dirían que es algo esquizofrénico".

Él rió. "Quizás. Me gusta. Me gustas. Te quiero".

"Con rescate de doguillos, nunca sabes. Quizás no sepas quién estará viviendo aquí cuando llegues a casa".

"Me encanta que rescates doguillos".

"Sólo soy parte de un equipo".

"Todo está bien, Rory. ¿Te están entrando dudas?"

"Estoy bien. Quiero que estés seguro. Absolutamente seguro. No quiero que me partan el corazón".

"Nunca haría eso". Él le acarició el cabello. "¿Te parece bien un tipo rutinario como yo?"

Ella sonrió. "Eres fantástico. Guapo, sexy, listo, gracioso. Fantástico".

"Estaba en el limbo. Rescataste mi corazón". Él la besó apasionadamente y luego la tomó de la mano, cruzaron el pasillo al dormitorio de atrás. "Ven y rescata el resto de mí".

"Será un placer", dijo ella sonriendo.

Epílogo

Rory estaba medio dormida cuando sonó su móvil. Saliendo sin hacer ruido de la cama para no despertar a Hack, entró en el pasillo.

"¿Bess eres tú? Rory se frotó los ojos.

"Si", la voz al otro lado temblaba

"Deja de llorar". No puedo entender lo que me estás diciendo".

"Es terrible. ¡Terrible!" Volvió a sollozar.

"Voy para allá". Rory apagó su móvil. De puntillas entró en el dormitorio lentamente pero el viejo suelo de madera hacía ruido. *Maldita sea estos suelos antiguos.* Rory se fue hacia su armario.

"¿Ya te estás escabullendo de mí?" Hack se incorporó en la cama, bostezó y se estiró. Se retiró el flequillo de los ojos.

Rory se sobresaltó. "No quería despertarte. Le ha pasado algo malo a Bess. Estaba... incoherente. Voy a ver qué le pasa".

Él miró el despertador. "Son las cinco de la mañana". Se rascó la mejilla sin afeitar.

"Lo sé. Tendré cuidado".

"Si tú vas, voy contigo". Él levantó las mantas.

"No hay tiempo, Hack". Ella se puso unos vaqueros.

"Me puedo vestir antes que tú. No voy a dejar que te vayas hasta allí tu sola. Es noche cerrada. No es seguro". Se puso los calcetines.

"Vale". Ella hizo un gesto con los hombros.

Hack agarró su sudadera de una silla y una camiseta de un cajón. Se detuvo un momento para estirarse hacia el techo antes de irse al baño. Rory se puso el sujetador y se puso un jersey. Los amantes cambiaron de lugar. Cuando ella salió del baño, Hack ya estaba vestido.

"¿Por qué has tardado tanto?" Sonrió él.

Ella rió y le tomó de la mano. "Vámonos".

Baxter se estiró y ladró. "Vale, tú también puedes venir. A lo mejor Albóndiga te necesita". Rory le puso su correa y los tres salieron del edificio.

"Da un poco de miedo", dijo ella achinando los ojos para ver entre las sombras. Hack la tomó de la mano. La capa de silencio que recubría la ciudad pronto se levantaría. La luz de las farolas les guió. Él apretó su mano y ella se arrimó a él.

Cuando llegaron al The Wellington, un coche de policía con luces encendidas estaba aparcado en la acera. Dos oficiales estaban en la acera, hablando. Otro estaba a la radio. Rory se paró para preguntarle al portero.

"¿Qué ha pasado, Crash?"

"Señorita Rory, me alegro tanto de que haya llegado. Ha sido un verdadero desastre".

Fin

La historia de Bess sigue en el próximo libro de Club de Cena de Manhattan. *Seduciendo Su Corazón*, llegando en Mayo, 2017.

Otro libros de Jean Joachim en español:

LA LISTA DE MATRIMONIO

¿Se puede ser feliz para toda la vida empezando por una lista? Después de diez años de trabajo, ahorrando e invirtiendo, Grey Andrews alcanza finalmente un nivel de riqueza que le permite hacer lo que le plazca en su vida. Necesita una mujer con quien compartir, pero no cualquier mujer, la mujer perfecta. La compañera que está buscando debe poseer las tres cualidades esenciales de su "Lista de Matrimonio". Después de tres años de ardua búsqueda nunca estuvo tan cerca cuando todo comenzó.

Carrie Tucker, una aspirante a escritora de misterio y divorciada, lucha por triunfar en el mundo de la publicidad, después de salir con demasiados fantasmas y perdedores ha dado la espalda a los hombres y se centra en su carrera. Finalmente, obtiene su gran oportunidad, una oportunidad única-en-la-vida. Convertirse en la primera directora creativa en esta agencia de publicidad de Nueva York tan candente.

¿Puede un encuentro casual en una conferencia de escritura de ficción cambiar sus vidas para siempre?